战春秋

海飞 著

北京出版集团公司
北京十月文艺出版社

零

在范蠡先生有生之年的记忆里，春秋的月光从未像周元王三年那般迅猛。那是公元前473年，月光像潮水一样汹涌地浸泡着吴国的姑苏城。范蠡记得，那一年的月光冰凉，冬天西北风狂舞，后来终于卷起了一场罕见的雪。雪花硕大，形同鹅掌，自北而南，洋洋洒洒覆盖了吴越两国的每一寸疆土。

吴国战败。雪花掩埋了吴王夫差一半的尸体，与此同时，范蠡和勾践率领的越国军队却在一个明亮的午后浩浩荡荡地从姑苏城凯旋。车队到达槜李城的城北，跨过吴越两国界桥处的那一刻，整个越国便在一眼看不到边的皑皑白雪中彻底沸腾了。抬头望去，范蠡看见一大把的阳光如同倾盆雨水般倒下，顿时将眼前的越国照耀成千万颗银子般闪亮。

可是步行在欢呼的人群中，范蠡脸上的笑容却有所克制，此时他忍不住想起二十年前的吴国，就在那座名叫姑苏的王城里，发生在吴王夫差养马房前的一幕。范蠡早就知道，那样一段惊悚的往事，一直以极其私密的方式，辗转在越国百姓讳莫如深的传言里。

传言中同样是一个雪花飞扬的午后，西北风呼啸，占领了吴国的山河。那天夫差抹了一把脸，挺起胸膛异常勇猛地挥动一记马鞭。马鞭声清脆，夫差仰天大笑，嘴里呵出的热气在他眼前滚动着。眼看着掉落的雪片在他皮鞭下四分五裂，夫差不禁对伍子胥说，将军有没有听见金戈铁马的声音？天哪，又来了，你听它们正穿透山林，在我耳边层层激荡。夫差饱满的惊叹气贯山河，他兴致勃勃地接过太宰伯嚭手中递上的缰绳，即刻就要上马巡查一次吴国的城防。

此时，在吴国执役替夫差养了两年马的败国之王勾践却慌张地奔跑到马腿前，突然就扑通一声跪了下去，抖动的膝盖瞬间压碎地上两堆新鲜的雪。勾践随后又双掌落地，将单薄的身躯在雪地上拱起，这让夫差眼底忽然升起一座崭新的桥。

西北风鼓舞着狂欢的雪，跪身成桥的勾践几乎无法将肿胀的双眼睁开。他只是记得，那一年吹进眼里的雪，都是酸的。然后他将头转过去又缓慢抬起，战战兢兢地说：大王，风太大，你脚底的雪又容易打滑。请踩着罪臣勾践的腰背上马吧。

勾践说完，范蠡看见天地间所有的雪都变得无比张狂，它们向勾践身后不远处的越后幽羊汹涌地扑了过去。越后幽羊已经饿着肚皮连着洗刷了九匹战马，她看上去是那样的疲倦，眨了眨干燥的眼，顿时显得更加苍老。

可是范蠡知道，越国百姓一直不厌其烦的传言，其实并不是因为这场风雪中被人羞辱的勾践。他们只是口口相传，那天实际上是越后幽羊在勾践身后狠狠地踢了一下他的小腿，然后她异常冰冷的声音就犹如一把刀子般扔向了勾践。她说，还不快过去，难道你没有看见，吴王的脚下缺一块蹬腿上马的垫脚石吗？

很快，二十年转眼就过去了。那天行走在槜李城山呼海啸的人群中，在周元王三年凯旋的范蠡，耳边却似乎没有听见一丁点儿声音，世界就此静止了。他只是在那片欢呼的汪洋中不断回想，如果不是因为越后幽羊，不是她在那个冰天雪地里扔出那段刀子般的声音，那么越国就不会有今天。

那天，越国凯旋的战士和百姓一道，举拳高呼着：胜！胜！胜！范蠡再次抬头，闭上双眼时，却依旧看见那些二十年里更多密密麻麻的往事，正犹如一场铺天盖地的洪水，向他当头迎面地冲撞了过来……

壹

夫差的马房前，勾践坐在一块阴冷的巨石上。初春那些星星点点的暖，正了无生气地掉落在他眼里。这一年的吴国，春天来得有些迟缓，勾践此时抱着两只膝盖，擤了一把鼻涕。他在心中算了一次，在这灵岩山下，自己已经执役了三年。三年里，他替吴王夫差养了好多马，但那些马又几乎全都去过越国，它们得意扬扬的蹄子，曾将越国踩踏得支离破碎。

一切都是因为那场太湖边的夫椒之战。那一次，勾践没有听从范蠡劝告，仓促举兵犯吴，他却算错了。后来带着仅剩的五千名军士，勾践落荒而逃，并且被一路追赶的夫差重重围困到了会稽山上。然后有一天，范蠡上山说，大王不要再战了，我们同夫差讲和吧。只要你愿意俯首称臣，甘心为奴，你就有可能活命。

范蠡你是不是背叛了寡人？你刚才下山，是把我给卖了吗？

勾践操起一把早就砍钝了口的剑。

大王要是不赶紧下山，越国就不再有机会了。范蠡站在风中，面不改色地说，范蠡绝不背叛越国，也绝不卖主求荣。

但勾践依旧举着那把剑。范蠡于是又说，大王你看这会稽山，只要有笋在，就没有顶不破的土。我们现在暂且把笋埋在心里。

很久以后，勾践终于扔下那把剑，叹了一口气，坐下后疲倦地说了一句，范将军，我的运气怎么会这么差。这一仗，越国亏大了。

那以后咱们就不赌了。范蠡说。

那天勾践带着缴械的越国士兵们，齐刷刷地跪在了夫差面前。马背上的夫差弯弓搭箭，箭头指向的是勾践的前胸。只要夫差的手轻轻一松，利箭就一定会洞穿勾践身体，让他像一只破败的口袋一样倒在地上。后来夫差的弓向下移了移，羽箭也疾速地射出，重重地陷入勾践正在颤抖的膝盖前的一小片土地上。在后来的日子里，勾践曾经向幽羊提起说，杀与不杀只是一念间的事，我真是好运气。

幽羊却在沉默了半晌后说，他用的哪种箭？

勾践说，用的是羽箭。

幽羊说，我知道了。

勾践现在昏睡的双眼远远望去，一群雁鸟的翅膀下，越后幽羊正抓着手中的马刷，马刷在马背上经过时，似乎将她曾经的青春和美貌也一同刷了下去。勾践觉得，如今幽羊脸上的皮肤就和马背一样粗糙。幽羊手上去年冬天里患上的冻疮几天前已经破裂，最近一直在流着脓血，脓血又不时会沾上几根刷褪下来的马毛。勾践叹了一口气。他后来望着幽羊身后一棵幼年的梓树，那是范蠡在前年春天栽下去的。几个月前的冬天，那场罕见的大雪里，他就是在梓树那里跪下身子，给夫差当了一回上马石。但如果不是因为这样，勾践想，他们几个的脑袋或许就长不到今年的春天。勾践想到这里时，不禁打了一个冷战，过去的许多事情都令他觉得可怕，所以他干脆就不再想了。

夫差被一场倒春寒击倒是几天以后的事情。勾践听说他躺在病床上，呼吸困难，目光浑浊。

那天，行走在吴宫里的勾践只盯着自己的一双脚尖，他不敢把步子迈得太大。走进夫差的寝殿时，他看见夫差正从便桶上摇摇晃晃地站起，似乎是眼冒着金星。还未等夫差束紧腰带，勾践就一步迈上前，弯腰抓起他一小撮新鲜的粪便，直接送进了嘴里。

勾践仔细尝了尝，头依然低着。过了一阵子，他张开黏糊糊的嘴唇说，大王并无大碍，几日后便可康复。

夫差努力看着他，诧异地摇头，移向床榻时虚弱地说，勾践你可以回去了。

勾践无助地望了身边的范蠡一眼，这天是范蠡让他来的吴宫，并且让他试着尝一尝夫差的粪便。

大王今天的粪便还是有点稀，估计明日就会有所干燥。勾践又犹犹疑疑地说。

靠在围栏雕花的大床上，夫差觉得空气中有点臭。他盯着勾践粘满秽物的嘴，一直等到他把话说完，才最终摆摆手说，勾践你还是回去吧，寡人想再睡一会儿。

两天后，夫差的手令就送达了马房。在一树刚刚吐出苞蕾的桃花下，勾践记得传令官连着打了两个小喷嚏，然后他慢条斯理地掏出竹简。他看都没看，说出的还是那句话：勾践你可以回去了。

勾践怅惘地望向越后和范蠡很久，然后才向传令官不明所以地问起：回去？是回去哪里啊？

勾践你真傻，当然是回去越国。年迈的传令官说完，奸笑起来的样子有点难看，挤在一起的脸很像是马房石墙洞中钻出的一只老鼠。他说，恭喜你勾践，嘻嘻，大王的病好了。

范蠡就是在这时候看见，传令官头顶的那个桃花苞蕾抖了抖，差不多在一转眼间就打开身子，然后很舒服地挣脱了出来。

范蠡仰头，流下两行清凉的泪。他望着虚空的天际很久，在心里对自己说，谢天谢地，这个春天终于醒了。我们都需要回家了。

越后幽羊那时却抬头望见了几片急着赶路的云。阳光将它们穿透时，她瞬间就感觉头晕目眩。幽羊急匆匆地伸手，最终什么也没抓住。所以那天勾践看见，幽羊突然一屁股跌坐在姑苏城春天的泥地里。勾践于是抢上一步，声音急切地说，幽羊，你怎么了？

幽羊说，我饿。

越国的春天还是那么小心翼翼，空气中潜伏着一些细微的风。三年了，这里似乎还匍匐在吴国淫威的震慑中，连最弱小的一枝桃花都开得有点茫然不知所措。

回越国的车队行至槜李，将要望见日思夜想的王城诸暨的时候，勾践的眼泪忍不住掉了下来。而阳光就在这时突然好得一塌糊涂，同时也放大了越后幽羊脸上的沧桑和皱褶。幽羊抬头后不禁笑了，轻声而坚决地说，勾践，不准哭！

幽羊说完即听见自己凹陷的肚子连着咕咕叫了几声，她那时真想赶紧吃几碗故国的米饭，一直吃到饱。可是她又瞬间记起一个幽灵一样的吴国将军，那是铁定了心，一辈子都要和越国作对的人。暗地里，他无数次怂恿夫差抓紧杀了勾践。

那个催命的将军叫伍子胥。队伍凌乱的伍。

活着回来的勾践这天让马车停了下来，眼前的槜李城，那一大片绿得让人发慌的草荡，曾经先后两次成了吴越双方交战的战场。勾践怎么能够忘记，每一次开战，鼓声擂响后，脚下的每寸草地都是血流成河。所以那些绵延的青草，迎风摆动的青草，泪水一起浇灌过的青草，现在都被战士的血滋养得如此肥硕。幽羊眯着眼，望向天空很久以后，她就问范蠡，什么时候去找西施和郑旦？幽羊的视线被一只腾空而起的大鸟所切割，等到那片影子飞远，她又说，我会在越宫里一直等，直到她们两人出现。

范蠡想了想，即刻叫来了贴身侍卫木心。他让木心召集了八名士兵，说，跟我走。

那时范蠡并不知道，同样的时间里，吴国将军伍子胥正在自家府邸里坐立不安。伍子胥一直是个急躁的将军，对于这天的饮食，他实在提不起丝毫兴趣，内心里在急切等候的，是刀营营长阿布传回的消息。两天前，听说夫差放走了勾践，伍子胥一把扯开挡在宫门前的侍卫，直接冲到了夫差跟前。伍子胥张口就说，大王你这样太危险了，听我一句，还是让范蠡捧着勾践的人头回去吧。刚刚康复的夫差顿时就笑了，他在奴仆给伍子胥上茶的时候说，将军何必这么担心，就那样一个尝过我粪便的人，能有什么斤两让你不放心？你让他走了就走了吧。

伍子胥是吴国先王阖闾无比仰仗的将军，早在阖闾还是公子光的时候，作为门臣的伍子胥就建议他在姑苏城里修筑城墙。而在此之前，从吴王僚的宫中向外望去，都城目力所及的范围内，除了密布的河网，几乎就是一马平川毫无遮挡。那年，伍子胥又指使专诸在端上殿堂的烤鱼肚子里藏了一把短刀。当专诸手中的短刀刺向吴王僚的时候，王的随从官兵纷纷围了上来，但伍子胥早就防了一手，他埋伏在地窖里的藏兵替他和阖闾挡住了一派乱刀乱剑，阖闾从而得以登基，成了新一代的吴王。然后，在最近一次也就是五年前的槜李之战中，范蠡巧用诈兵计，让越国的一批死刑犯排成三排，一排排的单腿跪地，一声呼号后在吴国军士面前引颈自刎，以壮军威。而就在吴军仓促纳闷之际，越国成群的战车却猝不及防地涌了上来。那次，阖闾被越国将军灵姑浮的铁戈斩去一个脚指头，阖闾仓皇丢下那只血淋淋的战靴，没过多久就在逃亡的路上因失血过多而归天。

伍子胥这一年曾经得到暗伏在勾践身边的马房伙夫传来的情报，说越后和范蠡与前来吴国探望勾践的文种联络时定下了一条美人计。伙夫是伍子胥路营十八探子中的一员，并且该营营长田充打听到，越国首美是叫西施，家住诸暨城若耶溪边的苎萝村。伍子胥那天在夫差面前没能阻挡住放行勾践的指令，他还想再说几句，但是夫差却将他还未出口的话拦住。夫差说，将军你看我刚刚病愈，我们还是说一些轻松的话题吧。离开宫中后，伍子胥心头燃起一把无名的火，他挠着脖子上那块刚刚才出来的桃花癣悻悻而归。在漫长的午后，他召来了刀营营长阿布和路营营长田充，阿布的刀营负责伍子胥下达的暗杀和保镖任务，田充的路营则负责着情报和间谍工作。在家中连着独自喝了三碗酒后，伍了胥突然对刀营营长阿布说，你去杀了她，不能手软！

于是阿布的一乘铁骑在烟尘滚滚中直扑诸暨，他要找的，就是名满天下的西施。据说在越国苎萝村里，西施的真名叫施夷光。

贰

施夷光这天在水边浣纱的时候，整条若耶溪只属于她一个人。她实在是美成了明晃晃的一片，见到她令人叹为观止的容颜，连溪水里那些游来游去的鲤鱼都羞愧地躲到了水底。施夷光抬起湿答答的手，擦去额头上冒出的一滴汗，原本抓在手里的白纱便在流淌的溪水里随意漂荡。施夷光笑了，她想那真是一段曼妙的轻舞。

一匹叫作子山的白猿正躺在不远处的草堆里睡懒觉，它被一阵由远及近的马蹄声吵醒。马蹄扬起的烟尘让天空很是阴沉，子山还看见四周的山野里开始有无数的兵器闪现着寒光，那是阿布冲杀过来的刀营人马。子山啼叫了一声，警醒的施夷光便在水边跃起身子，她顺手抄起一根竹竿，像剑一样刺向了那些蒙面人。白猿子山不由得咧嘴笑了，它觉得施夷光的身手近来大有长进。

施夷光早年在诸暨城北面的五泄山牧羊时，看见一头白猿总是出现在山崖间。白猿攀着几根老树藤，在空中荡来荡去。老树藤上落满花花绿绿的蝴蝶，蝴蝶翩跹飞扬的时候，白猿便露出牙齿对着施夷光笑了一笑。白猿后来跟随施夷光住进了苎萝村里，它选择了施家一处废弃的柴房，穿上打了补丁的粗布衣裳后，和苎萝村的村民一样生活着。并且它有了一个施夷光给它取的名字，就叫子山。

现在，当阿布挥舞出最快捷的一刀——狐步杀时，子山手中的一块木柴打着转呼啸着飞出，木柴席卷着风声，阿布的刀锋被击偏了。子山得意地吹了一声呼哨，却看见远处有更多的人马赶了过来。子山想，这么说，施夷光真正的危险还在后头。但是阿布见到那些人马时，却匆匆跳上马背，带上他的杀手即刻像一阵被风卷起的黄沙一样奔远了。

子山不知道，这次赶来的其实是范蠡。带着越后的指令，范蠡和木心一起，从阿布的刀光之中救下了西施。烟尘并没有熏黑范蠡的一张脸，他在木心打扫战场时对施夷光说，你一定就是西施，我要带你进越宫。施夷光忽闪着眼，朝子山吹了声口哨，子山向她腾跳了过来。施夷光抚摸着子山的头，声音像一片透明的冰，她说，凭什么要我进宫？范蠡说，凭你是越国的子民。越王回来了，越国从此就要复兴。

施夷光摇着子山的手，说，子山你快告诉他，越宫不是我待的地方，我不去。

那么，我五天以后再来找你。范蠡说完，看到茅屋里冲出一个虎头虎脑的少年，他和半蹲的子山一般高。少年手中握着一把柴刀，他突然就砍向了范蠡。但也就是在一招之内，他就被木心踹翻在地。他又趔趄着站起，仍然猛扑过去，并且和几个兵勇扭打成了一团。少年最后被施夷光喝止。他叫施夷青，是西施的弟弟。施夷青看见施夷光身上被溅到的血，以为是范蠡这帮人在欺负着姐姐。范蠡望着目光如电的施夷青，说，你更像一个越国人，我们迟早会需要你。

施夷青看着范蠡和木心他们的背影走远，他说，姐姐，怎么办？

施夷光说，回去照顾好爹。

施夷青又抬头说了一句，姐姐放心，我会保护你。

这时候，倦鸟成片成片地归林，黑压压的一片聒噪声中，施夷光却看见一只黑色的大雕突然撞开那连成了片的鸟阵，腾空而起。苎萝村的黄昏就在此刻准时降临，施夷光站在血红的夕阳下，听见草丛中的泥地里，传来一阵好像是蚯蚓的蠕动声。

诸暨城早已破败不堪，像一块挂在树枝上随风乱舞的蛇蜕。

它是雨水中一座荒凉的城，没有荒凉的只有城中一座叫“姜”的楼。姜楼白天被笼罩在铺天盖地的阳光中，而到了夜晚，它就开始被猩红的灯火所照耀。姜楼本来是越国的官妓馆，但是自从三年前越国被吴国打败，这里的生意便也跟着一败涂地，来往的客人都是稀稀拉拉的商贾。

姜楼里有个端茶送酒的侍女，她叫郑旦。西施家住苎萝村，而郑旦家住在苎萝村村东面的鸬鹚湾村。以前晴朗的日子里，她们偶尔也一起在隔开了两座村庄的那条若耶溪里浣纱。

这天在收拾酒桌的时间里，郑旦向酒足饭饱的商贾们打听一个名叫鲍三春的男子。她说三年前，越国在夫椒地被吴国打败后，这个男子就没有了踪影。她还说叫作鲍三春的男子是一个褐色皮肤的铁匠，他的身上始终滚烫，有着使不完的力气，可以扳倒一头牛。之前在越国的宫城外，铁匠鲍三春为越王勾践架起了巨大的炼炉，浓烟一直飘到十里长山的树顶上，继而又熏黑了云层，让越国的百姓误以为一场倾盆大雨即刻就要来临。

商贾们都是第一次听说这样的男子，所以他们摇摇头，拍拍屁股意兴阑珊地走了。郑旦后来一个人坐在姜楼里，她想起许多年前，也是自己在若耶溪浣纱时，忽然在荡漾的水波里见到一个男孩的倒影，男孩手提一把尚未开锋的短剑，盯着她的背影看了很久。那一年郑旦十五岁，等她终于转身时，陌生的男孩就笔直上前牵起郑旦的手说，你以后是我的女人，我会娶你。郑旦记得男孩的手布满厚茧，异常有力，他提剑的那只手臂露出乌黑的青筋，肌肉饱满。他说，我是打铁的，在越国，没有哪个男人的力气会比我还大，他们常说我是大力士彭生转世。又说，你们家以后的菜刀和农具，就包在我身上了。郑旦不禁笑了，说，你确定可以捧着一堆菜刀和农具来娶我吗？你是不是想把我们家变成一间打铁铺？男孩于是举起那把短剑，切开郑旦的视线说，等我将这把剑锤炼成了，它就价值连城，世间不会有比它更为贵重的彩礼。

我们家用不上剑，连鸡也不杀一只。郑旦说。

可是越王很需要神剑。越王还催促我遍访各地大山，寻找神铁的影子。等我寻到了神铁，只要我开口，他就会二话不说，答应将你嫁给我。

郑旦直到这时才抽出自己的手，手上原本有着若耶溪的水珠，但现在却留下男孩一只污黑的手印。她牵了牵嘴角，银雀般的笑声吸引得那些沉在水底的鱼浮了上来。她摘下一株青草，咬在嘴里，尝了一口新鲜的汁液后，问男孩，那么，你今年多大了？男孩沾满油渍的脸腼腆地笑了，他说我十四了，我们什么时候可以成婚？到了大喜的日子，我会送你一把上好的剑。削石如泥，切水不沾。

郑旦十分惊奇，她笑呵呵地说，你不会骗我说你是神匠欧冶子的传人吧？但她没想到男孩说的却是，这么说你已经答应嫁给我了？

郑旦后来抬头看着一望无际的天，天那么蓝，蓝得像是河水灌到了天上。天竟然让她很奇怪地说出了三个字，她说，我等你。

范蠡就是在这天带着侍卫木心找到了姜楼。郑旦记得，那时的夜色已经很浓，让人想起从鲍三春炼剑炉子中喷出的滚滚烟尘。郑旦看着站在楼下的范蠡，那张脸要比记忆中的鲍三春白净无数倍，但她却说，越王他打了败仗，又做夫差的上马石，咱们越国的脸都被丢尽了，他现在还有脸召我和施夷光进宫？

范蠡让木心捧出一个刻有鲍字的剑匣时，楼上的郑旦便突然腾起身子从天而降。木心感觉到耳旁吹过一阵风，然后一把明晃晃的菜刀就架到了范蠡的脖子上。郑旦冷冷地说，他在哪儿？

他在吴宫。所以我才让你跟我走。

我凭什么信你？

就凭这把他答应过送给你的剑。范蠡说，三年前，他已经把剑铸好，但就在过去给你送剑的路上，伍子胥的刀营将他给劫走了。

郑旦扔下菜刀，夺过木心手中的剑匣。将那把剑抽出，周遭的夜色便咣啷一声亮堂了起来。她狠狠地望着范蠡，说，我为什么要走你指定的这条路？

因为你没有其他的路，只有这一条。

范蠡整了整衣衫，头也不回地在诸暨城荒凉的夜色中走远。

郑旦长久地握着那把剑，聆听着夜色里的风声。风声又在剑背上掠过，她于是不由自主地舞起了《九重》。她觉得只有在《九重》的舞步里，她才是生活在九天云霄中的仙女。

姜楼在第二天被查封。越王有令，关停官妓馆，拒绝声色之娱。百姓要想丰衣足食，就要一门心思发展农桑，开辟荒地。事实上，有关这些政令的条条竹简早就准备在文种的书房里。文种就等越王回国，一声令下，他便马不停蹄地主持实施这些复国纲领。文种见到从姜楼里回来的范蠡时，推开一扇窗说，既然如此，时不我待！

郑旦无奈地离开姜楼，走在回鸬鹚湾村的路上，她想起范蠡的那句话：你没有其他的路，只有这一条。郑旦突然觉得，其实所有的路都是越王和范蠡安排的，范蠡这样的男人，心里想好的比人家眼里看到的不知要远多少。

郑旦在诸暨城凌乱的街道上又看见了范蠡，范蠡还是带着侍卫木心，他们在街头开始贴出告示，要采选越国最美的少女，这是他们的国家眼前所需要的。入选者，家中老小便衣食无忧，宫城的迎接队伍还会送上绫罗绸缎，披挂在少女曾经的闺房门口。

那天范蠡也见到了郑旦，远远地，他在街道那边向郑旦颔首致意。带着木心走过来后，他又说，我等你。

我等你。听见这三个字，郑旦恍惚听见少年鲍三春站在自己面前略带激动的呼吸声。她的脸很奇怪地红了起来，然后又突然浅浅地笑了。

范蠡正变得越来越忙，他现在经常和文种一起，出现在越国复兴图强的每一个现场。木心曾经那么想，范将军似乎是忙得忘记了西施。但是西施的美，简直是不能直视的。在木心看来，那是一道眼前一闪而过的光，绚丽到了安静。所以木心又觉得，西施其实是住进了范将军的心里。只是，范将军不轻易打开心。

越宫位于诸暨城外的埤中深山区，它是由几根歪歪斜斜的木柱勉强支撑起来的。山风经过时，它咯吱作响，看上去显得摇摇欲坠。

到了第五天，西施跟随范蠡上山。在一片高高低低的泥地里，西施不停地抬高脚，跨过几个积水很深的水洼。风吹起范蠡的长发，他走得不紧不慢，所以西施能闻到一股书简的味道，那是竹片的气息，似乎跳动着如鱼卵般优美的文字。西施见到了茅棚下的越王和越后，他们像一对村里的夫妻，正蹲在地上吃着这天的午饭。两人都只端了半碗米饭，面前只有一碗蔬菜。范蠡说，这是宫中的纪律，饭不能两碗，菜不能双色。越后的木碗缺了一个口，似乎是村中乞讨的老妪缺了两颗门牙。她很和蔼的样子，扒着木碗里的饭粒说，不用行礼了，施夷光你坐。

西施转头看了看，发现这茅棚里其实并没有半张椅子。

勾践捧着木碗嘿嘿笑了两声。他盯着西施，目光如洗，一直从她的脸看到她的腰，又从她的腰看到她的脚。他还是在笑，然后一不小心，掉落了嘴里的几粒米饭。他愣了愣，看了一眼幽羊，放下木碗伸出两根手指，很及时地将那几粒米饭捡起，用心地塞到了嘴里。

幽羊似乎对这一切视若无睹。她撑着膝盖站起身子，擦了一把嘴，一双手在破旧的袖子上抹了一回，这才拉起西施的手说，妹妹，你要去吴国，为我们的国家。西施的声音像一片锋利的冰，她说，我不想离开这里。我爹已经很老了，他现在扛不动一袋谷子。勾践噘了噘嘴，突然显得很不高兴，他说，施夷光你不知道，伍子胥他们就想杀你。既然如此，你还不如打进吴宫去，先把他们给杀了。寡人会赏赐你丰厚的物品，你爹不是很老了吗？你需要养活他。

我弟弟夷青也还小，他才十岁，我不能丢下他。

西施盯着蹲在饭桌前的勾践，目光如一把伸出的剑，一直盯到他将头低了下去。

幽羊的眼角一直含着笑，她说话的声音和勾践不一样，慈祥得如同她是西施的母亲。她说，傻孩子，可是你有没有想过，如果你不进吴宫，很可能弟弟施夷青只能活到十岁。伍子胥不会放过你们家。

我不去！

如果不去，越国的百姓都会恨上你。幽羊这回的声音有点惊动了范蠡。

恨就恨吧。我不怕！

恨上你爹还有你弟弟。你们会让苎萝村生灵涂炭。

西施不语，盯着被风吹动得不停晃荡的破门板。最后说，苎萝村难道不是越王和越后的吗？说完，她拂袖而去。而在茅棚门前等候的子山，身子冲出时，差点就撞上了一只前来觅食的松鼠。

幽羊看着西施带着子山离去时决绝的背影，起初什么也没说。她再次蹲下，吃干净木碗里最后一粒光洁而饱满的米饭，然后才起身对范蠡说，我们把都城迁往会稽吧。这样的王宫，没人会把我们放在眼里。幽羊撕去冻疮复原后浮起在手上的一块死皮，又说，施夷光必须去吴，她若不去，我们何必在吴国三年为奴，不如早日在这深山老林里找块石头一头撞死。

幽羊的声音落下，林中响起一只乌鸦的哀嚎。

那天的后来，幽羊陪着勾践去了柴房。她让勾践躺到一堆潮湿的木柴上，然后张开嘴，含进了房梁上吊下来的一片苦胆。月光倾斜下来，照见勾践眼角的泪光，勾践想起了自己在冰天雪地里被夫差踩在脚下当上马石，想起了尝粪问疾，想起了雕刻着怒火的伍子胥，也想起了这个蛮不讲理的世界发生的所有痛苦。

幽羊叫了一声，勾践你忘了亡国之耻吗？

勾践含着苦胆，被自己的口水呛了一下，咳嗽了几声，说，不敢忘。

西施长得美吗？

美！

你还敢再多看一眼吗？

不敢看。

把西施送给谁？

送给吴国，送给夫差。送给吴国，送给夫差……

勾践又一阵剧烈的咳嗽，身子缩起如同一只病狗。此时，春秋的月光，来得更加猛烈了。

文种坐在一堆竹简前，这天夜里，他已经无数次挑动油灯的火苗，为的是让这间狭窄的木房有更多的亮光。捧在手心里的《管子》，他几乎能够倒背如流，但还是舍不得将它放下。

记不清是多少年前了，齐国的管仲和鲍叔牙最初是一起合伙出资做买卖，直到后来两人各自成了公子纠和公子小白的辅佐。为将公子纠推上王位，管仲在公子小白回国的途中暗中设伏，但射出的箭头却没能刺穿公子小白身上的护甲。公子小白没有给一同觊觎王位的公子纠留下机会，登基后，他决定封鲍叔牙为宰相。可是鲍叔牙却说，管仲各方面都比我强，大王应该请他当宰相！管仲是我的仇人，公子小白说，这怎么可能？鲍叔牙却又说，这不能怪管仲，辅臣各为其主，他是为了主人公子纠。现在请他当宰相，大王您就是他新的主人。管仲于是就这样进宫了，他代替鲍叔牙当上了宰相。事实上，管仲也的确把齐国治理得井然有序，并且写下了深受赞誉的治国谋略——《管子》。

生我的是父母，最了解我的人却是鲍叔牙呀！文种想起久远的管鲍之交时，眼里就不免会走出一个范蠡。他不会忘记，那年自己和范蠡途经吴国时，两人几乎说了同样的一句话：阖闾的身边已经有了伍子胥，你看那南边天际的彩虹，那是吉祥之兆，那我们就去投奔越国吧。

文种看见阳光走在范蠡的脸上，他说，我喜欢和有才能的人在一起，那样就不会荒废了岁月。

我估计吴越两国最终会有一场生死决战。范蠡盯着文种的眼，那里似乎有一条阳光下的河。

那就战吧。文种说，难道我们不就是等待这样的机会吗？不然，老天就辜负了你我的一腔热血和满腹才学。

范蠡忍不住笑了，跳起身子折断一株桃花，他说，对的，那就战吧！有什么好怕。

文兄，如果我们赢了，你还会留在越国吗？行赴越国的路上，范蠡说。

为何不留下？难道你还另有想法？

我想，范蠡望着摆弄在手里的桃花，吞吞吐吐，说得有点含糊。他说我想到那时，咱们可以和管仲鲍叔牙一样，一起去做做买卖，那也是一个不错的行当。

文种看了看四周的春色光景，突然就笑了，说想不到越国今年的桃花，竟然是如此的密集。这般热闹的国家，你说是不是会对我们很友好？

文种想到这里时，听见书房的木门吱呀一声被推开了，站在门口的正是范蠡。

范蠡走进书房，他身上的衣裳很宽松，头发也散开在肩上。他看着文种手里的竹简，在心中默念起那些娟秀的文字。他对文种说，我睡不着，想想还是过来跟文兄聊聊。最近你这边有什么消息吗?

越国的百姓不会忘记，就在这天夜里，吴国突然派出的一支队伍，迅速洗掠了本已是一片疮痍的苎萝村。吴国的队伍是从村东闯进来的，他们明火执仗，见人就刺。西施提着一把剑，朝村东奔了过去。

那天在夜色的掩护下，吴国的兵勇从村东一直杀到了村西。冲进施家的茅屋后，几个人与白猿子山缠斗在了一起。兵器叮叮当当的碰撞声中，躲在暗处的施夷青瞅准机会，连续砍中两名兵勇的大腿。西施在村东杀了两名兵勇，可是等她提着剑赶回时，家里的茅屋已经被火点燃，她在门前迎头撞上的，是最后一个撤退出的兵勇。兵勇并不恋战，他看了一眼火势凶猛的茅屋，与西施交手了几个回合，等到茅屋在熊熊的火焰中彻底坍塌时，便匆匆钻进了夜色。

西施没能救出躺在床上病重的父亲，他被烧成了一截焦炭，全身找不出一块完好的皮肤。西施看着父亲紧握成拳头的手，后来慢慢想起，刚才被自己堵在门前的兵勇，他提刀的那只手，似乎有着六根手指。

天蒙蒙亮的时候，各种消息传来，好几个村民命丧黄泉。整个村庄沉浸在海水一样的悲伤中。

那天夷光和夷青姐弟俩没有流下一滴眼泪。他们把父亲埋在苎萝山一块向阳的坡地上，茅草们就在新鲜的坟前肆无忌惮地招摇着。夷青嘴唇上的绒毛，看上去是越来越黑了，他的喉结在不停地滚动着，像是要咽下一些什么。阳光细碎得让人眼角发痒，这时候他们不约而同地看到了山下那条细长的土路上行进着勾践和越后。越后身后跟着一应随从，脸上的五官和表情，都像木板一样平整，看不出半点悲伤与欢喜。在一阵阵越国的风中，勾践敲响了苎萝村每户百姓家的木门。他向那些挺尸在院子里的子民深深地弯下腰去，仰起头来的时候已经是泪流满面。勾践后来让人把所有的村民都集中在了村口那片空地上，他再一次弯下腰去，眼眶里仍旧蓄满了泪水。其实他简约得什么话也没有说，他只是在离开苎萝村前留下了六个字，寡人愧对子民。

越后深陷在无情的悲伤中，泪水把一些细碎的鬓发粘在了她的高耸的颧骨上。巨大的悲伤让她发出的声音不能连贯，又一阵风吹来的时候，她当着众人的面向勾践跪了下去说，大王，你若不能为子民雪耻，你就是越国的罪人。

村民们都没有说话，他们像站在一个梦境里一样，一言不发。只有阳光缥缈着扑打在这片稍微有点儿湿气的村口空地上。在村民们悲伤得近乎木讷的目光中，勾践带着越后和随从们离开了。离开的时候，他们遇见了刚从苎萝山上下来的西施和夷青。在那条细长的土路上，西施和夷青闪身到路边，向着勾践的队伍躬下身去。勾践的脚步忍不住慢了下来，他的目光从西施身上欢快地掠过。他还是忍不住被这个戴孝少女的明艳惊动了。但是他必须装得风平浪静，一路追赶，终于追上了走路像风一样的越后幽羊。勾践喘着粗气大声地说，你简直走得比山羊还快。

幽羊脚步不停。她的声音从风中传了过来，她说，不是我走得快，是你的脚走不动了。

勾践和幽羊的举动感动了苎萝村的百姓，那天埋葬好亲人后，有几户人家的男丁毅然决定投奔越国军营。在西施父亲的坟前，子山躺在泥地里一动不动。春天里的湿气一股股钻进它的皮毛，它根本就没感觉到冷，只是心里有些难过。跪在坟前的施夷青猛地站起，举着柴刀，他也要去投军，但他嘴角的胡子还只是一层细细的绒毛。他只有站到土丘上，才能踮起脚跟摸到吴国长矛高耸起的铁头。

西施说，你不能去。

为什么不能去?

因为我可能要去。

你是要当被越国送给夫差的女人吗？要是这样，我就不认你这个姐。

西施凄然地笑了，声音在新鲜的土坟前幽幽飘荡：你的命比认不认我这个姐更重要！

西施扯下孝布，找到了在城中忙碌的范蠡。她斜望着辽阔的天空，使劲笑了一下说，范将军不用等了，我什么时候可以进越宫？

木心看到范蠡皱了一下眉头，他突然想，范蠡确实没有忘记西施。将军那么聪明的人，怎么会忘了西施。他想起就在昨夜，越后突然急召他，在火把的映照下，越后拧紧眉头，咬紧牙关只说了一句：穿上吴国的军服，伪装成吴国的军人，要确保万无一失。范蠡在火光里颤抖了一下，那张玉雕般英俊的脸分外阴郁，然后他转过头，背对着木心甩了一把手，说，去吧。木心于是就带上兵器出发了。他带着伪装成吴国兵勇的小分队，是从苎萝村的村东一路杀过去的。

范蠡就是在木心闯进苎萝村的时候去了文种的房里。文种那时从一堆竹简中抬起身子，他觉得这一天的范蠡跟往常有点不一样。

文种后来说，范兄，你睡不着，是因为西施和郑旦进宫的事情而愁苦吗？

范蠡不答，对着手中的一片书简读了出来：予之为取者，政之宝也。管仲这是在告诉我们，予之就是取之，给予就是获取。

给予就是获取。范兄所言极是。所以我们要把西施送给夫差，他以后会连本带息，加倍偿还我们。

文种拍着范蠡的肩膀，看见那粒油灯的火苗突然蹿腾了起来。他随后听见范蠡说，西施和郑旦她们，该走的路都已经推到脚尖了。

既然如此，文种一阵喜悦，击掌说，那我得抓紧再去一趟吴国。这一次，我会给太宰大人伯嚭准备更加丰厚的礼品。

范蠡依旧望着窗外，这时他好像听见兵器和锄头以及菜刀碰撞起的叮叮当当的声音，他还恍惚看见一个老人在苎萝村的一间茅草棚里，像一件挂在墙上的衣服被风吹落一样，倒在了地上。

越国都城迁往会稽的那支弱不禁风的队伍，显得零落而破败。那些选来的三十名美人，全部步行，从诸暨至会稽，足足有三天的路程。勾践和幽羊将仅有的两驾马车让给了西施和郑旦，他们自己则各拄着一截拐杖，走在队伍的最前列。白猿站在送行的人群里，它那天穿了一件补丁好少的衣服，这是西施的父亲留给它的。它把一块心爱的糍馍塞进了帘子，但是西施没有掀开帘子，她只是伸出一只手握了白猿的手很久。白猿装作云淡风轻的样子，笑了一下就一步步后退，退出人群中的热闹。它知道自己此后的方向是远远地离开人间的烟火，回去五泄山，钻进那些瀑布和山崖。对它来说，西施不在，人间就不等于是人间。

西施坐在马车里，手中抓着那块糍馍，一直没有舍得吃。最后等它风干了，也还藏在手心里。

西施没有等到送行的施夷青。她并不知道，事实上，就在她们前行的队伍后，手握柴刀的夷青一直在山路上奔走。山风呼呼地吹着，夷青远远望着大道上行走的队伍，在心里叫了无数声的姐姐。这时候，一只呼啸的老鹰从天而降，稳稳地落在了他的肩头。这是一只受过伤的鹰，它曾经被砍柴的夷青救活，从此形影不离。每天清晨，夷青推开茅草房的木门，盘旋的老鹰就收起翅膀降落到泥地上，它给夷青送来一条刚刚叼住的蛇。夷青斩去蛇头，仰起脖子一口喝下那些蛇血，顿时听见自己的骨骼和肌肉在刺眼的阳光下嗞嗞生长的声音。

会稽城新建起的越宫，其实仍然十分简陋，空气中压抑着呛人的漆味，狭窄的过道里挤满了忙着搬运简单器具的奴仆。住下的那天，喧闹声平息后，西施就无法不去想起弟弟夷青和那只叫子山的白猿。她想，范蠡安排手下给她家新盖的茅草棚里，现在只剩下夷青一个人？夷青躺在父亲的石条床上，他会从噩梦里惊醒吗？

这样的时候，西施就捧起一把搁在墙角的剑。她发现那把剑的线条无比美好，剑柄的宽厚度也正合自己的手掌。西施望着横在眼前透亮的剑刃，游走的目光在它身上走了一遭，起初阴郁的内心便感觉被一场夏日的雨洗了一把，清净又凉爽。她走到门前，忽然觉得自己已经由衷地爱上了这把剑。于是在那片刚刚铺好的平地上，她闭上眼睛，屏住呼吸，忍不住就抖开身子舞起了那把剑。

月光很暖，西施舞剑的腰肢很软。舞到后来时，她几乎觉得手中的剑就是一把轻纱，她仿佛见到若耶溪怎么流也流不完的河水，以及水边一路疯长的野草。然后她又看见一个飘逸的男子，目光如同一盏晨曦中的明灯，他踩着矫健的步伐，身上裹着新鲜竹片的气息，令人愉悦又醒神。可是就在这时，西施却听到一声喝令：放下那把剑。

西施睁开眼睛，看到的是愤怒的郑旦。郑旦站在夜色里冷若冰霜，她猛地将长发甩到脑后说，请你不要弄脏了这把剑。

西施侧目，鄙夷地将那把剑扔到了地上。迎着郑旦逼视的眼，西施又上前一步，说，我没你说的那么低贱。

捡起来！郑旦指着那把剑。

凭什么要捡？西施说。

范蠡来到这里的时候，两个人已经在那片空地上打斗了很久。西施操着一根修长的竹竿，每次撞上郑旦的剑时，竹竿便被很轻易地削去一截。到了最后，西施手里剩下的只是一根越来越短并且已经裂开的竹竿。范蠡静静地看着，一直到最后，他看见郑旦的剑抵住了西施的脖子。范蠡终于叫了一声，郑旦你把剑放下。

郑旦什么也没听见，也没多看范蠡一眼。她对西施说，下一次再无礼，这把剑就会穿透你的脖子。

西施颓然地站着，她看见范蠡涨红了一张脸，对着自己和郑旦呵斥道，你们到底怎么回事，拿在手里的剑那是刺向吴国的。这样自相残杀，只会让越国提前进入坟墓。

范蠡捡起地上的剑鞘，拿在手里擦了又擦。最后又对着刻在上面的那个鲍字吹了一口气，抹掉那些细微的尘土，这才将它交还给了郑旦。

西施和郑旦第二天走进训练房的时候，看见四周的柱子上挂满了夫差的画像。夫差或眉头紧锁，或勃然大怒，属于他的每一双眼都令人发慌。范蠡说，接下去的三天，你们就站在这里，不许坐下，一直看着他，面带微笑地看着他。直到你们都觉得，他那么忧愁，那么愤怒，所有的怨恨和狰狞，其实都是因为你们离开了他。

西施诧异地看着范蠡，一直等到他把话说完，才说，无聊。

这时候，郑旦望向西施，忍不住掩嘴笑了。

但范蠡还是接着说，这才刚刚开始，你们要安静，安静，再安静。安静到心里没有了自我，只有夫差。夫差的喜就是你的喜，夫差的怒你要把它摘去，你就住在夫差崎岖不平的心里。

叁

吴国的少左将军甘纪是一个俊美的男子，他骑着一匹骏马，一身白衣的肩头，总有闪亮的黑发在姑苏城的春风里悠扬飘起。甘纪是伍子胥的义子，他年轻又安静，像一根春天里锯齿锋利的茅草，一双清澈的眼睛常常出现在吴国少女的梦里。

甘纪这天来到伍子胥的府上时，看见路营和刀营的两位营长，正垂首站在义父的面前。路营是伍子胥的情报营，营长田充。刀营是伍子胥的行动营，营长阿布。田充的耳力极好，他至少能在宫中器乐齐鸣的时候，还能听到城墙以外一只蛐蛐的鸣叫，也能听到风中有几根羽毛飘飞。阿布使的是一把刀，他的刀是快刀，每次杀人都用令对方眼花缭乱的一招——狐步杀。狐步杀一出，敌人的脖子如同一棵被清脆砍下的白菜。

田充和阿布的手下都有十八人的队伍，分布在姑苏城最隐秘的角落。如果不是因为甘纪是伍子胥的义子，他根本就无缘知道路营和刀营的存在。伍子胥曾经说，这是我一生中的秘密，路营和刀营的三十六匹快马，也是我最珍贵的家当。为了大王和他的千秋大业，我伍子胥真是绞尽脑汁，费尽了心机。又说，甘纪你要始终保守这个秘密，千万要记住，吴国的将来，半点也指望不了只知道吹牛拍马又吃软饭的伯嚭。伯嚭根本不能胜任太宰的职位，他就是个憋在肚子里的屁。

甘纪现在听见田充正在密报，他告诉伍子胥三件事。一是同样是吴国前朝将军的萧飒正在扩张势力，暗中收罗各国刀客。二是越国的谋臣文种和范蠡制定了“十年生聚，十年教训”的国策。那个国家准备用十年的时间鼓励断发文身的百姓多多生养孩子，又发展农桑，让越地不断聚集财富。然后再用十年的时间教化百姓，强军集训。田充最后说的一件事是，范蠡正在新建的越宫里训练美女，没有被阿布上次行刺得手的西施，将会被送往吴国。伍子胥那天瞪了一眼战战兢兢的阿布，他叹了一口气，开始为吴国的命运担忧。在他眼里，大王夫差是一个没心没肺的人，他现在竟然无所事事到热爱起打铁，总是和一些民间会聚起来的铁匠热烈地交谈，甚至还去铁匠铺里帮助铁匠一起锻打铁器。

阿布和田充退下时，伍子胥烧在心头的火依旧没有平息。他冷冷地望了一眼甘纪，说，大王去打铁，你就不能阻拦一下吗？

他想当一名铁匠？

甘纪像往常一样沉默，他在伍子胥的虎头青铜杯里倒上半杯水，端上去后说，禀报义父，你要操练的水军我已经替你集合完毕。

都集合在哪里？伍子胥转头问。

就在太湖边的夫椒地。

好一个夫椒地！伍子胥抓起一把木梳，仔细地梳理着自己的头发，眼中投射出亮光说，我真想再去厮杀一场，让那该死的勾践死无葬身之地。

伍子胥又走进书房，很长时间里，他都抚摸着挂在板墙上的一件征衣。那是一件缀满了铜片的铠甲，而且胸口处每一块铜片的背后，都镌刻着吴国一个阵亡将领的名字。除此之外，还有一个渔夫的名字。

伍子胥那年从楚国逃向吴国时，他的父亲伍奢和哥哥伍尚已经死在楚平王的手里。楚平王封锁了各处要道，伍子胥最终是在江边搭上了一个陌生老渔夫的小船。渔船靠岸后，伍子胥取下佩剑对渔夫说，这把剑起码价值百金，先生你就收下吧，权当是我的渡船之资。渔夫莞尔一笑，说，我连楚平王承诺封赏的五万石粟和执圭之爵都不看在眼里，难道还会稀罕你这把价值百金的宝剑吗？

那你救我是为了什么?

不为什么。救你只是为了救你。

伍子胥后来自作主张给渔夫取了个名字，就叫伍恩，然后将这名字也一同刻在了自己的铠甲上。他每次抚摸起这铠甲，都能感觉到指尖传来的温暖。因为他想，那些战亡将领的英灵以及不知下落的渔夫伍恩，会一直护佑他，护佑他完成扶持吴国的千秋霸业。

很久以前，伍子胥就让甘纪负责起水军的战备完善和日夜训练。他知道地处江南水乡的吴越两国必有水战，到那时，也必定是以船为车，以楫为马。所以他让甘纪在水军中大力扩张“舟师”。舟师中有作为指挥船的楼船，以及分别为大翼、中翼和小翼的三种主要战船。与此同时，他还建造了船首装有冲角的突冒船以及可以轻快出击的桥船。在伍子胥的规划里，威风凛凛的大翼船上，必须载乘战士二十六人，棹手五十人，舳舻手三人，操长钩矛及斧钺者各四人，吏、仆、射长各一人。如此下来，连同船长，一艘大翼船就总共配备了九十一人。

伍子胥理想的水战方式，是先用弩射，再进行双方接舷战斗或用突冒撞击敌船，最后再让勇士们登船格斗。想起接舷战，伍子胥问甘纪，需有的钩拒都打造好了吗?

甘纪说，正在准备。

正在准备，正在准备。伍子胥甩了甩衣袖，指着甘纪义愤填膺地说，正在准备到底是什么时候准备？你听说过两军交战时，其中一方挥动彩旗叫喊说，请不要攻击我们，我们正在准备吗？

甘纪一阵木讷，他知道此时说什么也无益。在他眼里，义父的胸中总是淌满着烈火。他就像火炉中刚刚出膛的一把剑，就是到了三九寒冬里也照样炙热逼人。甚至哪怕是扔进水里，也还是继续嗞嗞冒响。那年的夫椒之战，甘纪一直守护在伍子胥的战车旁，他那么好的身手，三步之内取敌首级如探囊取物，但他抽出的一把剑却没有沾上一滴血。伍子胥那时从战车上站起，对着甘纪一阵咆哮，他说，我要你冲上去，砍下勾践的人头祭奠先王。甘纪挥动缰绳，双腿夹着战马围着义父跑了一圈，停下后却说，甘纪觉得，义父的安危比勾践的人头更为重要。

甘纪还记得，勾践被夫差放行，离开吴国的那天，义父和大王夫差最终吵了一架。义父说，上天以越赐吴，请大王让范蠡捧着勾践的人头回去吧。可是夫差却不为所动，他不再把竟然可以为自己尝粪问疾的勾践放在眼里。义父一再激动地叫嚣时，夫差终于不悦地背转身去，他说，大将军你有完没完？你说的那些话我都能背了，可是寡人现在困了。甘纪那时候望望伍子胥，又望望离去的夫差的背影，目光着实焦灼了一阵子，但他最终还是什么也没说。他知道，自己的嘴那么笨，说了也是白说，那还不如不说为好。

伍子胥咬着牙，双手紧攥拳头，一直看着夫差的背影越走越远。他想起过去的很多，又想到今后的很多。他想来想去，觉得心里越来越拥挤，越来越烦躁，四周连空气都不够用了，所以就在殿堂上失态地吼了一声：大王，你一定会后悔的！

伍子胥的声音那么响，以至于差不多惊动了高挂在头顶的一排青铜油灯的灯盏。

吴宫是高大的，而且也是富丽堂皇的。那天宫中没有穿过一丝风，但在伍子胥的怒吼声开始盘旋回响时，其中一盏油灯的灯座，却在这个更加显得寂静的上午时分里，咯吱咯吱地摇晃了两下。

甘纪不禁把眼睛闭起。

肆

训练房里的夫差画像已经更换了多次，这段时间里，范蠡对西施和郑旦两人的表现并不满意。范蠡有一天问西施，你每天睡觉之前，躺在床上心里想的是什么？西施惊愕地望着范蠡，她想说我昨晚梦见了你。但一张脸红起的时候，她最终什么也没说。她只希望范蠡在她身边多站一会儿。

第二天，范蠡让木心将夫差的一张羊皮画像挂到了西施床前。西施站在木心身后，看着木心在床栏的格子柱上敲好钉子，画像垂下来的时候，站在那里的夫差好像对她笑了一笑。木心转身，斜着眼睛牵了牵嘴角，他说，我真不知道范将军是怎么想的。

等到木心离开，西施赶紧将那画像给扯了下来，然后又将它迅速地卷起。此时，西施看见画中的夫差很不情愿，他的一张脸变得东拉西扯，越来越扭曲，最后只剩下一双伤心的眼睛。

西施将那么难看的夫差扔到了床底。

郑旦那天在给画中的夫差敬酒时显得三心二意，她要么走得太快，要么走得太慢。端在手里的酒樽总是拿不稳，每次都洒出几滴酒。郑旦反反复复走了几次，突然觉得柱子上的夫差要是等她的这杯酒早就等得渴死了，所以她忍不住扑哧一声笑了出来。想要抬起袖子遮住自己的羞态时，酒樽却掉在了地上。

范蠡上前，俯身捡起那个酒樽，将它擦了擦，又交到了郑旦的手里。他对负责礼仪训练的宫中女侍说，你再示范一次，告诉她错在哪里。

西施听着范蠡的声音，觉得这个柔和的男人令她如沐春风。他从不试图驯服你，却让人忍不住一天天跟上他先走出去的脚步。直到你最终贴着他的身子，和他一同并肩前行。这样的时候，西施觉得不仅是脚步，就连自己的整个身子也渐渐轻松了起来，而原本让人觉得灰蒙蒙毫无生机的越宫，现在也有了一些舒展开来的欢声笑语。

更加热闹的是另外那三十名少女。在另外一个训练场里，她们现在成了一群蝴蝶，在越宫逐渐宽阔起的房前檐下彼此追来追去，嬉闹的声音好几次吸引过来了好奇的勾践。勾践站在墙角，拢着袖子，阳光偷偷打在他肩头的时候，他眯着眼睛，和少女们笑得一样开心。但他到了后来也会有些微的伤感，他想，这么多的美女，真是可惜。总的说来，夫差的命真好。

两个月后的课程是舞蹈，这几乎是西施和郑旦的强项。那天，丝竹声响起时，西施在范蠡专注的眼神里翩翩起舞。此前为了给范蠡一个惊喜，她在自己的脚踝上系了一串铃铛。铃铛现在跟随舞蹈的节奏，让整个训练房突然变得生动无比。西施尽情地打开身子，一双光洁的赤脚频频在空中跃起，然后她听见许多人都在由衷地赞美，赞美她是一个飘在云层中的仙子。可是没过多久，范蠡舒展的眉头就渐渐地紧锁起，直到后来他干脆拍了拍手，让宫廷乐队的声音停了下来。

训练房突然变得很安静，停止的西施寂寞地望着范蠡。她又听见范蠡转身说，今天先到这里。

为什么要先到这里？西施叫住了正要离去的范蠡。

范蠡站定，挥挥手让那些乐师退了下去。他显得忧心忡忡，最后望着西施的眼说，我有点担心，担心你的脚。

西施把头低下又抬起，说，我的脚怎么了？

你的脚太大了。范蠡轻声地说了一句。他说，但是这话你不要放在心里。

这天夜里，范蠡和木心见到了正在收拾行李的西施。范蠡站在门口，声音很轻，他说，不用这么急，我还是希望你能留下。

西施将卷在床底的夫差画像扔给了木心，说，木心我要回去，我想我的弟弟夷青。他在家里没人给他烧饭，都快要饿死了。

木心焦急地望着范蠡，他希望范蠡能走上前去，哪怕什么也不说，只是在西施房里静静地坐下。

但范蠡却转身，沉默得如同一杯凉水。他后来背对着西施说，自从你进了越宫，你的家人就是越后的家人。夷青的日子过得不要太自在，现在正像一棵春笋，他喝足了水，正在苎萝村里节节拔高。

但我还是要回去。西施说，我在这里待不下去了，我很丑。

没有人比你更美，也没有人让你回去。其实越后比你更急，她正在连夜为你缝制一条新裙。裙子很长，长到拖地，它能很好地盖住你的一双脚。越后并且想过了，你以后跳舞，得穿上一双精致的鞋，鞋面是绣花的青布。范蠡转过身来，就那样静静地望着西施，说，真的，我们都希望你留下。一切都会更加如意。

西施掉下一行泪，把头转了过去。事实上，她知道自己舍不得离开这里。

吴国的仲夏异常热闹和繁忙，蝉鸣声早在清晨的曙光中就连成一片。到了上午，姑苏城的喧闹更是赛过头顶泛滥起的阳光。

但是这样的一个日子里，夫差竟然迟迟没有升朝，他后来睁着惺忪的睡眼来到殿堂时，对着堂前等候已久的伍子胥和伯嚭他们很随意地点了点头。伍子胥之前从田充那里听说，大王昨天白天打了一天的铁，夜晚又把仅剩的力气留在了后宫的芸妃那里。芸妃现在顺风顺水，之前瘦削的脸日渐饱满了，而且每天都是面若桃花，形态可人。在她父亲叔护将军的运作撮合下，她和颜王后的关系也更为亲密了，两人曾经手牵手出现在太湖的游船里，观看了一场别开生面的打鱼表演。那次，芸妃亲自下厨，将最大的一条鱼殷勤地烹调给了颜王后品尝。

伍子胥现在看着靠在龙椅上依旧昏昏欲睡的夫差，一时想不出该说什么为好。他在聒噪的蝉声里站了很久，直到听见夫差微微响起的鼾声。这时候伍子胥终于站不住了，他走到伯嚭跟前，凑上鼻子，深深地吸了一口气。然后闭上眼睛说，太宰，我刚刚闻了很久，我想你身上现在飘荡起的，是不是越国脂粉的味道?

伍子胥之所以这么说，是因为路营营长田充昨天还告诉他，越国的大夫文种几天前悄悄来到吴国，并且带着四五个美女去了伯嚭的府邸。田充说，文种后来是一个人离开伯嚭家的那条小巷的，伯嚭牵着儿子伯聪的手，笑容可掬地将他送到了门口。

伍子胥想，这事情该让夫差清醒清醒了，说不定大王还蒙在鼓里。可是现在朝堂上，等伍子胥说完，伯嚭却抓抓脑袋眨了眨眼睛，他饶有兴致地望向伍子胥，笑呵呵地说，大将军越来越爱讲笑话了。难道你这么熟悉越国的脂粉？

伍子胥啧了一把鼻涕说，如果太宰还是之前的那个太宰，我倒是愿意多讲几句笑话。可是我最近听说，太宰的府上喝的都是越国的桑葚酒，进进出出的尽是越国的美女。

伯嚭并没有被激怒，反倒更加和蔼地说，越国在大王面前俯首称臣，他们如今喜欢为咱们吴国酿酒。将军要是喜欢，改天我让奴子给你送一缸过去。味道真的很赞。

谢了！等大王哪天彻底拿下越国，再喝不迟。

伍子胥和伯嚭针尖麦芒一般的关系由来已久，事实上，他们曾经是一对好友。伯嚭不会忘记，当初他的祖父伯州犁和伍子胥的父亲伍奢一样，两人都是楚国的大臣，又都在楚国遭受厄运。伯嚭逃离楚国后，还是伍子胥将他推荐给了先王阖闾。但是岁月里吹来吹去的风时常会改变方向，伯嚭现在感觉伍子胥冷得像一块十年前就结下的冰，任凭自己怎么焐，那块坚冰也还是暖不起来。伍子胥有一次竟然当着夫差的面说，太宰你以前喜欢把黑的说成灰的，现在却干脆就把黑的说成白的。你已经在伪善的路上走得越来越远。

伍子胥和伯嚭就着桑葚酒的事情说来说去时，夫差终于把眼睛睁开。他在龙椅上伸了一个懒腰，打了一个长久的哈欠说，你们两个别吵了，我正在想齐国的事情，是打还是不打？

伯嚭站直身子，收起笑容说，一切听大王的，大王心中应该早有判断。伯嚭知道夫差心里怎么想，夫差曾经说过，他很喜欢北方的齐国和晋国。他说你们仔细想想，那么广阔而肥沃的中原，咱们吴国竟然踩不下去一只脚。所有的土地都是他们的，实在有点让我不太舒服。但伯嚭更加知道，夫差和伍子胥一直以来争论的焦点其实也就在这里。伍子胥坚持的，是先要占领越国。否则，勾践就是南方后院里随时可以烧起的一把火，如此令人担心的后患不去解决，伍子胥觉得争霸中原简直就是一场笑话。

那天的后来，伍子胥和夫差还是各执己见，他们几乎没有一次不是不欢而散。

走出宫门时，伯嚭心里藏着笑，一步步跟随在伍子胥的身后。他替伍子胥掀开前来迎接的马车的珠帘，又在阳光下挥手，一直看着那辆马车走远。然后他擦了一把汗，对前来迎接自己的一位心腹下臣说，你瞧他那副德行，看都不看我一眼。像他这样嚣张，就算我不对付他，他也一定会死得很惨。直到马车在自家门前停下，伯嚭掀开帘子的时候还在心里想，爱怎样就怎样吧，光能打天下，也不见得就是真本事，往后的路还长呢。而且他还想，这世界其实哪有什么黑白之分？真正要分清楚的，是谁是君谁是臣。要不然，这世界就全乱了。

这天夜里，伍子胥再次陷入焦急之中，他迟迟不愿意躺下，耳边偶尔传来的蝉声令他怎么也挥赶不走。白天因为伯嚭在场，好多话他都不方便在夫差面前说清楚，他觉得再也不能等下去了。所以他最终还是叫醒车夫，让马车在那条寂静的街道上朝着宫城匆匆赶去。夫差是在芸妃的凤鸣宫里接见了伍子胥，他这时候精神饱满，对着明亮的油灯说，大将军有何要事，但讲无妨。

伍子胥的眉头终于舒展开来。他想，时不我待，什么也不用隐瞒了。一切以吴国的利益为上，先王创下的基业不能毁于一旦。

伍子胥跟夫差说起的是萧飒收留各国刀客以及越国将要进贡的美女，他觉得两件事情都是暗流涌动。但是夫差却没有当回事，他告诉伍子胥，萧飒之前跟他提起过刀客。而夫差的三弟公子山也有此意，说那是为了给吴国培养一支精锐的长刀队。萧飒连队伍的名字都想好了，是叫破风。而关于越国要送来的美女，夫差转头望了望内殿，他有点担心会被那里的芸妃听见，所以走到伍子胥跟前，声音说得有点轻。他说，为什么不要？将军也可以挑几个。

伍子胥十分沮丧。等他看见芸妃内殿门口堆在一起的一叠上好的越国丝绸，挂在上头的一张牌子又清楚地写着伯嚭采办的字样时，心中便彻底地悲凉了。但他还是说了一句，齐国的事情请大王三思，我们能不能缓一缓？

伍子胥的意思，最起码先和齐国笼络一下感情，不要让他们感觉到吴国的敌意。他说，人心隔肚皮，世间也没有不透风的墙。

夫差背着双手，在殿堂里走来走去。最后说，可以从长计议。我会劝一劝自己，再忍一忍。

伍

越国又一年的桃花如期而至了。会稽山下，嘤嘤嗡嗡的蜜蜂交头接耳，来回扇动翅膀飞舞时，一个个都忙碌得不可开交。走在农夫前头的牛仰头哞地叫了一声，它拖着犁辕，在水田里看见了蓝天也看见了白云的倒影，于是就更加深情地耕耘起越国的田亩。一场春雨过后，铺展开来的桑树叶子在微风中抖动，它绿得让人愉悦，又仿佛让人想起洁白的蚕丝。

勾践看见了这一切，满心喜悦地笑了。他想，越国的阴霾正在消退。所以他穿上了一件八成新的衣裳，在范蠡的陪同下，在田间地头和劳作的百姓纷纷打招呼。还有一些时候，他会一屁股坐在田埂上，捧起农夫的陶壶，一下子喝到饱。然后他摘下一片桑叶，挂在嘴角，和农夫们聊起一些挤眉弄眼的话题。农夫将铁锄头轻轻挖到地里，坐到横躺的锄头柄上问他，这位商人，你是来自哪里？勾践掩嘴便笑了，他说，你猜。农夫说，这可怎么猜。勾践就说，我是宫里的。又踩下水田说，我现在过来帮你拔稗草。范蠡于是笑得前仰后合，他说，大王你回来，那可不是草，是大叔刚刚插下的水稻秧苗。农夫睁大了眼睛，从锄头柄上站了起来，然后又慌忙地把两只膝盖跪了下去。

那天，越后幽羊正在宫中缝补一件兽皮，长年的劳累已经让她的双眼有点昏花。她手捏一根铁针，在一阵深刻的疲倦中穿刺进兽皮，然后又将那根长长的麻线拉了过来。那时候，范蠡和西施就站在她的跟前，四周无比的安静，仿佛整个天下都在穿针引线。幽羊抬头时，眼泪终于掉了下来，范蠡看见那眼泪里漂浮着一丝血。

幽羊是在前一天的夜里听说，西施就要和范蠡私奔，所以她一整天里都感觉前所未有的虚弱。此时，她的声音有点飘忽，她说，你们就不能可怜可怜越国的百姓吗？我替越国给你们跪下。

范蠡急忙上前蹲下，抓住越后的手臂后，他望了一眼西施，转头说，请王后放心，你所听到的那些都是谣言。

真的只是谣言吗？越后苦苦地望着西施。

西施昂起头，说，其实也算不上谣言，但是范将军他没有答应我。他要我等。他说这世间的许多事，都是靠等出来的。

那你还会走吗？越后清凉的泪滴落到了地上，但那缕血丝却还挂在脸颊上，仿佛它要一直留在那里。

他不走，我也就不会走了。但我会一直等。

西施盯着范蠡，把话说得很细很慢。她想，这样细慢用心的一句话，范蠡应该是记在心里了。

越后丢下手中的针线和兽皮，这才缓慢地笑了。她说你们都是越国的功臣。许多年后，只要等西施从吴国回来，那么我们漫山遍野的桃花，就是迎接英雄归来的语言。

越后最后说，必须复国！死了也要复国！

那天夜里，勾践换下那件八成新的衣裳，重新回到了柴房。他按部就班地含着那颗苦胆，因为白天在田地里走了太多的路，他现在实在是累得不行，一不小心就睡着了。

幽羊推开柴房的木门，许多月光涌了进来。月光惊动起勾践，他迷迷糊糊地睁开眼睛，听见站在柴薪前的越后说了一句，看来明天得换一颗苦胆，这一块已经风干，它不再苦了。

两天后的清晨，月光还未彻底收起，但越宫的门外，正静悄悄地集合起一支队伍。勾践那时还没睡醒，他恍惚听见奴仆们急匆匆奔跑的脚步声，他们在彼此互相催促：快点，快点。这边，这边。

越宫笼罩在从会稽山上流淌下来的一场大雾里，幽羊搓了一把手，走进雾蒙蒙的院中。面对即将前往吴国的车队，她深深地望了一眼范蠡，然后亲自上前清点人数，又将车队中牛车帐篷上那些松散的绳索扎紧。

西施在车厢中抱紧身子，她有点冷。越后一步步地走上前，就那样细细地看着她。

越后说，此去一别，你我不知何时才能相见。但是请记得，我一直在越国想你，也会对着启明星祝福你！

西施跟随越后抬起的眼，看见大雾中的一颗明星悠然闪烁，心中顿时百感交集。

郑旦也从另外一个车厢中探出身子，她提着手里那把入鞘的剑，和宫中的奴仆们一一挥手告别。

那天越后交给西施一块玉珏，她说那是木心在给西施家重新搭建茅棚时，在泥地上的一堆灰烬里捡到的。这么长的时间里，为了不让西施伤心，她一直保留着。而现在，她又让宫中的艺匠在玉珏上刻了一个“越”字。

西施双手捧着玉珏，不免就想起了死去的父亲。泪水扑簌簌地掉下时，她又更加思念着弟弟夷青。这时候，越后终于放下了帘子，抬手坚决地叫了一声：走！

范蠡进贡美女的车队离开会稽城的当天上午，施夷青从诸暨城赶来，他提着柴刀旋风一样冲进了越宫。他的那只老鹰，叼了一段蛇，在越宫青灰色的上空久久盘旋。

越宫里还有一个训练营，专门训练越国勇猛敢死的少年，范蠡将它命名为少年团。施夷青将柴刀的刀口对着负责训练少年团兵器术的岩鹰将军，怒气冲冲地说，为什么不让我加入？从此以后我不再有姐姐。

岩鹰是越宫中的侍卫统领，他是在勾践登基的那年，和灵姑浮一起受的封。灵姑浮就是在那场大败吴国的槜李之战中，勇猛砍下阖闾一只脚指头的将军。

岩鹰看着施夷青，说，你回去。

我不回去！

施夷青猛地扒下身上的衣裳，让岩鹰见到他身上一排雷电击打过的痕迹。那样一片蜿蜒的青紫，很像是一棵老树深扎下的根系。施夷青五岁那年站在自家的茅草棚前看雨，然后一道闪电迅速冲了下来，直接击中了面前的一棵桃树。同样被击晕的施夷青很久以后才醒来，父亲撕下他后背烧成一片褴褛的衣裳时，看见的便是根系一样的青紫，那是闪电的纹路。

你有什么本事？岩鹰说。

施夷青举起柴刀，瞬间就在自己的左臂上划开了一道口子。白花花的肉像嘴唇一般翻转开来，施夷青看着涌冒出来的血说，我没有什么本事，有的只是杀父的仇恨。我巴不得让夫差舔干净这些血，我还会在自己的血里下毒。

岩鹰久久地盯着施夷青，很长时间里没有说出一句话。他只是觉得，蔓延在这个少年眼里的仇恨，比传说中的伍子胥更为迅猛。但岩鹰还是说，施夷青你回去。

再叫我回去，我就把自己砍死在这里。

但你必须回去，回去苎萝村。岩鹰说，会稽城里早晚会有吴国的奸细，少年团的集训，就要搬去苎萝村。我们需要进行得十分隐秘。

施夷青扔下柴刀，指着岩鹰道：你真是个混蛋，为何早点不说？

这时候，岩鹰看见一只展翅的老鹰飞了进来。它落在训练房阴凉的石砖上，吐出一条紫红色的蛇，随即甩了甩头，热切地望着施夷青。蛇在地上挣扎了几下，它应该是满身伤痛，但老鹰伸出爪子将它踩住，猛地啄瞎了它的双眼。施夷青提起柴刀，指着那条翻出肚皮的萎靡的蛇，说，将军，我请你喝蛇血。

吴国。伍子胥彻夜难眠。他在院中走来走去，最后还是对守候的下臣说，让甘纪来见我。

甘纪到达的时候，带着一身清凉的露水。他的一柄长剑披挂在后背上。伍子胥那天对他说了很多，最后说，我很担心。

甘纪想了想，终于说，义父担心得太多了。大王他并不是一个铁匠。

伍子胥再次走到那件战袍前，细细地抚摸着。他说，我每天看一次战袍，不是想穿上它，而是我必须为了先王，时刻准备着披挂上阵。甘纪深深地鞠了一躬，说，军士当战死沙场，甘纪不敢忘。

但伍子胥最为担心的还是西施，他总觉得那是心头一块沉重的铁，怎么也搬不走。甘纪皱眉，想起阿布的那场实在糟糕透顶的刺杀，终于说，杀女人真的不是军士所为。

伍子胥长叹一声，声音有点无奈。他说，可是我就担心无数的军士都会被女人所杀。伍子胥想起的是很久以前的妲己和褒姒，他觉得一个女人轻而易举就可以抵得上千军万马。然后他告诉甘纪说，吴国的木渎是西施的必经之路，你必须去那儿守着。

伍子胥这么急迫地召见甘纪，是因为按照夫差的指示，他就要带上夫人和儿子伍极出使北方的齐国。伍子胥当然知道，夫差让他带上礼物出使，真实用意是为了刺探齐国的军情。这么多年了，关于吴国的军队该是向北还是向南，他始终和夫差说不到一块儿去。但他的确无数次觉得，范蠡的那双眼睛实在太可怕了，那人在陪伴勾践执役时，每一天的心思都是精打细算的。他看似优柔的目光，实则是要直接穿透进吴国的地下三尺。

去木渎！在我去齐国的时候，毁了西施的那张脸。

伍子胥最后对甘纪严厉地说，千万记住，此事不得声张，也与不在吴国的我没有任何关系。

陆

越国的水网条条相连，河水在阳光下泛着银色的波光。它们拐过几个弯，载着范蠡的车队一路往北。几天后西施坐在船舷，看见钱塘江的江水在范蠡眼里不停地后退，江水漫涌过来时，溅湿了范蠡的一双鞋。范蠡对此毫无感觉，他望着吴国的方向，对着一江春水陷入沉思。

颠簸在船上的越国车队披红挂彩，车厢四周花团锦簇，它是一队牛车。范蠡之前说过，越国的马很珍贵，得省着用。对此，西施并不觉得寒酸。她想，只要范蠡在身边，什么都是体面的。江面平静时，西施在水光潋滟中看见弟弟施夷青的一张脸。施夷青站在自家茅草棚前看雨，淅淅沥沥的春雨后来变得滂沱，施夷青一直看着它们发呆，全身都被打湿了。

走完钱塘江并且踏上吴国疆域的那一天，郑旦走下车厢，抬头望了一下天，顿时感觉脚下的泥地十分陌生。范蠡就是在这时让木心他们摘下了车队的彩带，包括车厢周围的花环。范蠡说，小心为上，不要那么显眼。当晚，一行人住进了木渎小城中的无恙客栈。

木渎城开满了铺天盖地的梨花。梨花像一场雪，安静而且热烈。甘纪第二天到达这里时，清脆的马蹄声回响在春天的木渎。木渎的街道有点湿滑。甘纪还是穿了一身白衣，如果不是因为背上的那把青铜剑，远远看去，骑在白马上的他几乎就成了另外一树梨花。

甘纪是带着伍子胥的使命来到木渎，但他此时心里想起的却是夫差。在义父和大王之间，他总是陷入彷徨和左右为难。甘纪一直珍视着他和夫差两人之间的友谊。他记得许多年前，自己和夫差一同跟随先王阖闾前去太湖观光，那时他们还是一对交头接耳的青涩少年，而夫差最小的弟弟公子山好像还是一步一摇地被太后牵在手里。看见太湖里广阔的水，雾气升腾时，公子山叫了一声，哇，这么大的炊烟，太湖在烧饭。

夫差比甘纪长五岁，他差不多高出甘纪半个头。那天的太湖边，夫差怎么也不愿意跟随父王登上游船。等到那条船划到水中央，夫差就用膝盖顶了一下甘纪的腰身。他一直盯着水边，水边蹲着一个正在清洗渔网的少女，夫差只能看见她半张美丽的脸。

夫差在甘纪耳边轻声道，你有没有本事，让她转过脸。跟我说说话，就一句。

甘纪抓耳挠腮想了很久，然后说，我替少主把她给叫过来不就行了？

夫差不悦地摇头说，看来你和我一样笨！

甘纪看见先王的游船已经在回头的路上，于是就赤脚踩到水里，脚底打了一个滑，直接把自己推了下去。他在水中沉浮，一双手拼命拍打出水花，嘴里直喊着救命。女孩不知所以地看了一眼甘纪，站起后满不在乎地转身。她问夫差道，你朋友他不会游水吗？

夫差顿时笑了，他现在能看见女孩的整张脸，的确很美，却说，我不告诉你。

那好吧。女孩说，看看他能不能马上就淹死。

你把渔网扔给他，夫差叫了一声。

甘纪这时却在水中站了起来，看着刚刚盖住自己膝盖的湖水，他有点失望，说怎么这么浅。女孩终于扑哧一声笑了，说，你要是像刚才那样一直躺着，说不定也能被呛死。

甘纪其实不愿意像伍子胥说的那样，去毁了传说中西施一张美丽的脸。那样会让夫差很失望，夫差喜欢美女。但是他如果不来木渎执行指令，远在齐国的义父又会深深地失望。所以甘纪那天看着街道两旁压在枝头的数也数不完的梨花，心里想，春天是个令人左右为难的季节。

这时候，他在街市上碰见一个和他一样明亮俊逸的男子。男子手持一把剑，英气逼人。他把所有的长发都包进头巾里，一无牵挂的身子于是显得更加轻灵。他在这里四处寻访打铁铺，将那把剑抽出时，木渎街道上的百姓都瞠目结舌。甘纪望见那把剑，心头也止不住地惊叹，剑身折射出的光，阴沉而饱满。他深吸一口气，一缕凉薄的寒意便扑鼻而来。很明显，这把剑是被铸剑匠融进了上好的铁母。而这样的神铁，哪怕是寻遍吴国的山川，也根本难得一见。甘纪想，这是越国的神剑。

甘纪跳下马，向男子鞠了一躬道，兄弟手上的这把剑，多少金子能卖？

男子望着甘纪，浅浅地笑了，轻声说，多少金子也不卖。

范蠡之前的戒备之心并不是没有道理。这天上午，几乎是在甘纪出现在木渎城的同时，木心略显慌张地过来向他禀报，客栈的马棚里，两把吴国的短刀留在他们两头牛的脖子里，血流了一地。范蠡想，该来的终归还是要来，这么长的车队，仅仅撤去彩带和花环，注目和显眼还是难以抹去。

范蠡让木心赶紧收拾行李，但他此时却突然看见，客栈的门口，一场刺杀已经如约而至。黑衣刺客共有九名，他们亮出一排剑，列队站好。木心抬眼望去，看见客栈的竹楼深深地抖了一下，刺客高举剑柄猛地向他冲来时，头顶那些被切开的梨花，便纷纷扬扬地飘落了下来。

厮杀在第一时间展开。听见空气中叮叮当当的撞击声，甘纪跟随那名男子向不远处的无恙客栈奔了过去。甘纪那时并不知道，男子其实就是束发的郑旦。郑旦这天提着鲍三春留给她的剑，要去吴国的街头打听一下铁铺和铁匠。范蠡对她说，安全为上，你这样会让人看出是越国的女子。郑旦于是将长发盘起，藏进了一包头巾里。

郑旦冲进客栈，她和木心以及木心手下的护卫一起，将凶猛的刺客挡在了范蠡的视线外。郑旦后来发现，和她一起出剑的，竟然还有甘纪。甘纪并没有见到西施和范蠡，他们那时已经驾着牛车从后院逃离。

那天的后来，郑旦且战且退，她飞身跨上刺客拴在墙头处的一匹烈马，将他们引出客栈后，一直奔跑却被追赶的刺客堵到了一截悬崖上。郑旦看见刺客的身后，甘纪的一匹白马也扬起尘土赶了过来。郑旦甩了甩缰绳，夹紧马肚子退后几步，正要往前冲出时，马蹄下松软的泥土却塌了下去。仰身的郑旦一阵惊慌，她最后回望了一眼甘纪，连人带马坠下了悬崖。

西施并没有忘记郑旦，在逃亡的牛车上，她一再挣扎着想要回诸暨城，但范蠡将她死死拦住。范蠡说，你们两个，我必须保全一个。西施诧异地望着范蠡，她说，怎么就可以这样狠心地丢下郑旦？可是范蠡说，难道你没有想过，比我更狠的是伍子胥。我现在看到他在姑苏城里射出的一双眼，比刺客的剑还要锋利。

事实上，范蠡这次想错了。客栈里的刺客，是颜王后所派来的。和伍子胥的担心相比，听说西施一行的到来，颜王后写在脸上的怒火便可以在后宫里烧开一壶水。但颜王后比伍子胥要谨慎，她对向她通报信息的芸妃说，买凶雇人，私下里灭了这个越国来的祸水。要不然，你我今后的命运会很惨。芸妃点点头，她转身就去找自己的父亲叔护。喜欢赌博的叔护将军当晚去了一次赌馆，如他所愿，他这次还是赢了，并且让一名楚国的赌鬼输得倾家荡产，不得不砍下手臂来冲抵赌债。月光下，楚国的赌鬼一阵痛哭，他举起佩剑正要砍下时，叔护突然说，等一等，我突然想到，或许你这只手可以留着。叔护慢吞吞地喝着一碗酒，直到后来他拎起那袋赢来的金子，在手里掂了掂说，事成之后，用留下的那只手过来领赏钱，你还可以是这些金子的主人。楚国的客人于是如梦初醒坐了下去。

郑旦这天坠下悬崖的那一刻，掉落的头巾让她乌黑的长发像倒流的瀑布一样飞扬起。甘纪怔怔地望着这个疾速下坠的明艳女子，顿时觉得整个世界出奇的安静。木心后来赶到时，看见白马上的甘纪站在一株梨树下久久不愿离去。甘纪下马捡起郑旦的头巾，将它藏进了怀里。梨花就是在这时落了下来，瞬间在甘纪眼前洒了一地。木心觉得，这个梨花中的吴国剑客并不让他反感。最主要的是，他刚才在客栈里，对甘纪令人眼花缭乱的剑术心悦诚服。

柒

载着西施的牛车进入姑苏城的城门已经是七天以后。之前，逃亡路上的范蠡迷了路，他们一直走到了吴国和楚国的交界处，并且在一个荒原里露宿了一晚。

走上姑苏城宽广的街道，范蠡几乎能听见自己的心跳。他仿佛感觉自己正行走在一条阴冷而潮湿的地道里，那么狭窄的空间，他甚至能听见风吹动发丝的声音。之前在越国，范蠡在无数个辗转难眠的夜里，总能踏进这样的梦境：他看见自己陪同大王勾践在吴国为奴时，他和越后幽羊带着一些心腹，顶着清凉的月色，在灵岩山下挥起铁锹，刨去一把又一把松散的沙土。然后他们在深挖的地道里朝着吴宫的方向逼近。

范蠡回想着如此真实的梦境，思绪就不免进入了那个大雪纷飞的午后，越后幽羊踢了一下大王勾践的小腿，然后声音像一把刀子一样扔了出去：还不快过去，你没看见大王的脚下缺一块上马石吗？范蠡想到这里时，忽然看见萧飒将军骑着一匹战马朝他赶了过来。将军脸上虽然挂着难得的笑容，身后却跟了一群提刀的将士，所以他对范蠡点点头时，看上去依旧是耀武扬威。表情肃穆的将士将越国重新披红挂彩的车队围在了中间，范蠡看着那些明亮的刀口，不禁仰起头问萧飒道，将军带了这么多带着武器的随从，是担心我们什么呢？

萧飒骑在马上笑了，俯身亲切地说，你多虑了，我只是奉大王之命前来迎接。大王天天盼着西施，但是没有我们替你喊城门，你进不了宫中深锁的大门。那里严密的防守，你是早就知道的。

姑苏城喜爱热闹的百姓全都涌到了街头，他们对着进入城门的西施的车厢指指点点，交头接耳时，一个个欢笑得前仰后合。范蠡听见他们意味深长地说，大王真是艳福不浅，只是这几天，又要辛苦一阵了。但却又有人说，你担心个屁，大王的腰板好着呢，就像一棵结实的树。接下去真正辛苦的，是大王的床板呀，哈哈哈哈。

萧飒勒住缰绳，提起马鞭指着那些唾沫横飞的脸一顿呵斥。他说，你们的胆子可肥了，这样的玩笑也敢开，有没有把大王放在眼里？当心我这就砍了你们。萧飒说完，身边那些提刀的将士便朝着宫门呼啦啦奔跑了过去。而更多的士兵，却在宫门的两边慢慢集合了过来。范蠡看见吴宫的头顶，压着一层厚厚的云。他对车厢里的西施轻声道，小心了，好像有异常。

西施在颠簸的牛车上微微揭开帘子，厚实的云层下，吴宫巍峨的城墙已经摇摇晃晃地向她逼来。她想，等待的一切，就这样要开始了。

事实上，范蠡这天遇见的是一场谋反。正如伍子胥所料，收留各国刀客的萧飒已经想除掉夫差很久，他这天是抓住了范蠡车队进宫的机会，带着一群手下轻而易举地踏进了深锁的宫城。要不然，那么多的人手，根本就进不了宫。萧飒那时在心中一阵窃喜，他想，等着抱美人的夫差，这回你死定了。但也就是两帮人马进入宫城的那一刻，随着重重的宫门在吱呀的声音里被一众禁卫迅速合拢，天空中的云层也同时收了起来，重新打开的阳光下，站在瞭望楼墙头的夫差却没理由地笑了。他那时的声音很是辽阔，全身的铠甲放着灿烂的光，他指着萧飒说，姓萧的，你带了这么多的人马，是想把我的美女给抢走吗？阳光撞碎在萧飒露出在腰间的一截剑柄上，反射出幽冷的光。夫差指着那缕幽冷的光，随即大喝一声：关门打狗，带兵器入宫者，按律，斩！

萧飒此时并没有慌张，他干笑了两声，干脆就在马上抽出那把剑指向城头的夫差，又回头对着准备已久的手下喊了一声：宫中禁卫军连我们的三成兵员都不到，杀过去！杀！但萧飒随即看见，宫中众多的雕花屋檐下，暗伏的甘纪率领着一支庞大的人马，正如洪水般涌了出来。萧飒那时想，糟了，自己竟然中了夫差的埋伏。但他又喊了一声，杀死夫差者，加官晋爵，赏田千亩！

萧飒的马冲了出去，吴宫四周的空气被撕裂开来。

刀光剑影中，落马的萧飒后来突然遇见了闯过来的西施。西施挥舞的衣袖似乎卷起一场风，将他的一双眼给蒙住。隔着那片凉薄的纱袖，萧飒觉得这个明艳的女子真是价值连城，但他还是朝西施刺出了一剑。就是因为那样多看了一眼西施，萧飒走神并且恍恍惚惚地刺出一剑之时，夫差在城头射出的一支毒箭就直接命中了他的胸口。萧飒感觉被谁推了一把，他诧异地望着胸口多出来的一支箭，往前趔趄了几步，随后在西施跟前跪了下去。死之前，嘴角吐着白沫的萧飒最后望了一眼西施，看见西施身上涌出的血，他还是想，人世间这个奇特的女子，真的是价值连城。他或许还想，刚才自己刺出的那一剑，简直就是罪恶滔天。

那天，受伤的西施看到宫墙内血流成河，春天里提前出现的红头和绿头苍蝇很快就聚集过来，它们在享受一场热烈非凡的盛宴。西施并且看见夫差身披战袍，在阳光下纵身跃过萧飒的尸体。聚在萧飒身上的苍蝇哄的一声散开，夫差遮挡不住脸上的兴奋，他就那样一直笑呵呵的，和打铁时一样开心。西施那时不免惊奇，这真的是夫差吗？他和之前挂在越宫柱子上的那些愁眉苦脸的夫差画像是同一个人吗？直到这时，西施才发现中剑的胸口渐渐扩散开的血，她觉得有点凉。然后她看见夫差夺过甘纪手中的长剑，提起萧飒的人头，剑身一横，就将那脖子割裂了开来。萧飒的皮肉有点厚，夫差提着剑又用力切了进去，这才将整个人头全部割了下来。萧飒的鲜血喷出，有些细碎的血点喷溅在了西施的身上，这让西施觉得十分的不舒服。

夫差并没有正眼去看一眼西施，他举着萧飒的人头，跃上了一匹战马。他就那样笔直地站在马背上，仰天大吼，你们就是所谓的破风团吧？谁敢反本王，萧飒就是你们的下场。萧飒人头上的血滴滴答答洒了一地，他那眼睛依然睁着。阳光很刺眼，破风团那些静默的刀客，此时纷纷扔下兵器，在宫城中扑通一阵跪拜了下去。

夫差的兄弟公子山急匆匆赶到时，看见四分五裂的血流争先恐后地涌入宫中的小河。在一阵止不住的惊慌中，公子山开始用极其沙哑的声音赞扬起夫差的勇猛和果断。夫差转身说，别装了！你是不是有点失望？又对甘纪勒令一声，将公子山拿下！

寂寞的公子山于是在那个黄昏里站了很久，他看见苍茫的夜色像一张期待已久的网。西施看到禁卫军的数把利刃架在他脖子上时，听到自己的心跳声越来越响，终于两眼一黑，昏倒了过去。

夫差早就知道，公子山是萧飒背后的主使，为了这场刺杀，他已经和萧飒共谋了很久。

萧飒之前是先王阖闾身边的护卫，自从阖闾被灵姑浮的铁戈砍掉一根脚指头后，萧飒总感觉夫差的目光如同芒刺在背。那目光一次次地在朝堂上吼叫，没有保护好先王，萧飒你有罪。萧飒于是在一天夜里找到了公子山。他虽然很渴，但没有喝下一口水，喉咙嘶哑地说，我一直觉得，同样是王的血统，但您比夫差更适合当大王。公子山看着窗外，窗外夜色浓郁。他什么话也没有说，只是紧紧地握住了萧飒的手。

捌

齐国有着最为缠绵的春雨，这么多天里，连绵不绝的雨阵一直没完没了地跟随着出访的伍子胥。伍子胥换了很多套衣服，挂在通风的长廊上，水汽升腾时，没有半点干燥的迹象。伍子胥忧伤地望着齐国客栈中忙碌的妻子，妻子现在正围着火笼，想给一家人早点烘干又一批被雨水打湿的衣服和鞋袜。

为显示结盟的诚意，伍子胥这次给齐国带来了一车的礼物。他还违心地赞美齐国的春风，以及事实上已经让他无比讨厌的漫长的春雨。他说齐国的大地美得就像一幅画。在一帮齐国大臣的陪同下，他也走访了多个城池，并且在雨脚的间歇里，去琅琊城看了一回波澜壮阔的大海。那样的时候，伍子胥没有忘记跟这些大臣说上几句，说齐国要是跟吴国联手，共同拿下越国就不会费吹灰之力。那时，所有的这些海岸线，就都是两个国家的。

和伍子胥聊得最欢的是齐国的鲍缺将军，他比伍子胥略为年轻。对于吴王夫差的英武，他说自己仰慕已久，那是真正的男人。伍子胥笑了，用特别外交的口吻说，吴国随时欢迎鲍将军的来访。我们现在缺的是更为亲密的友谊。

事实证明，鲍缺也的确想和伍子胥拉近关系。许多个夜里，鲍缺都拉着伍子胥去了临淄城的酒肆，他和伍子胥觥筹交错，酒过三巡时，也将心里的想法和盘托出。他说既然要联手，两国能不能先拿下西边的晋国。伍子胥于是顺水推舟，从鲍缺嘴里获得了一些自己尚未掌握的军情。

但伍子胥心里真正惦记的，还是千里之外的故国。为此，他并没有让田充的路营空闲下来。那天在琅琊城的海边，伍子胥在海浪的翻滚声中回到车厢，详细聆听了路营人员带来的密报。密报说到了萧飒的下场，兵变那天，甘纪奉命围剿。夫差后来让宫中禁卫军中的卫戍团将萧飒的人头扔到了灵岩山下的谷廓，那儿生活着一群野狗。几乎是在一瞬间，谷廓里的十三条饥饿的野狗就把萧飒的人头咬成了白骨。萧飒睁着两个虚空的眼洞，看着吴国漆黑的天空。公子山也被甘纪绑到了那里，他觉得萧飒肯定十分后悔，觉得此生不如当一名吴国的菜农。而事实上，公子山的头后来也被砍了下来，他的头骨被那群野狗争抢着，最终翻滚到了一个隐秘的洞口，就靠在一棵梓树的下面，深感寂寞和悲伤。

听到这里，伍子胥兴奋而得意地叫了一声，甘纪干得不错，他可是我的义子。

可是当闻听西施依旧进了宫城时，伍子胥却深深地捏紧了拳头。他想，甘纪还是误了事啊。

从齐国的琅琊城回临淄城的路上，伍子胥一言不发。在大船一样摇晃的马车里，儿子伍极给他不停地梳头。伍极看见一根白发，那是他昨天都没有见到过的。他揪起那根白发说，爹，我替你拔了它。伍子胥黑着一张脸，什么也没说。

伍极酷爱爹爹的头发，他还喜欢抓着爹爹的头发睡觉。这天在伍子胥听取密报的时候，他和鲍缺将军一起，踩上了齐国的战船，所以他现在又滔滔不绝地讲述着齐国海上的奇景，他说他太喜欢大海了，大海和天一样广。伍极又捧起一个巨大的海螺号，那是鲍缺在船上送给他的。他将海螺号盖住伍子胥的耳朵，说，爹快听，我给你带回了大海的声音。伍子胥一把挡开伍极，烦躁地说，离我远点。这让伍极很不高兴，他捧着海螺号独自走到了船舷边，对着辽阔的海空吹出了郁郁寡欢的声音。

回到临淄城的第二天，就在阳光刚刚露出半张脸时，伍子胥却在客栈的长廊里一件件收起那些软不拉叽的衣物。他对惊奇的妻子说，趁着没有雨，赶紧回去。

伍极摘下盖在耳朵上的那个海螺问，爹你刚才说什么？

回去！伍子胥对着伍极吼了一声。

伍极呆呆地望着刚刚来到这里的鲍缺将军，差点就要掉出两滴泪。将军昨晚答应他，今天要带他去夜邑，那是齐国的另外一座海边城池。将军说，和琅琊城不同，夜邑位于齐国的北边，有着更多美丽和新奇的海螺。

回国的路程显得漫长而又单调，伍极常常抓起父亲的头发，在摇摆的车厢里一次次陷入瞌睡。马车到达吴国的疆域时，伍子胥让车停下，他走下车厢，远远地望着姑苏城的方向。这时候，伍极叫了一声，爹你快看，那里有两片彩云。伍子胥顺着儿子手指的方向，见到那两片妖娆的彩云从越国的方向缓缓地飘了过来，几乎是到了姑苏城的位置，两片移动的彩云就停留在原本的风中一动不动。

伍子胥久久地望着两片诡异的云，感觉心口一阵压抑，几乎让他无法顺畅地呼吸。然后他一把抓过伍极的手，严厉地说了一句，以后不要再那样贪玩了，要多想一想咱们的吴国，那可是千秋大业啊。

伍极不知所以地点点头，说，哦。

郑旦幸运地活了下来。

坠崖的那天，郑旦张开双手，抓到了一截柔韧的松枝。她像西施家的白猿子山那样，用力荡进了一个局促的山洞里。直到听见楚国刺客的人马依稀走远，郑旦才在洞中端坐下，手里捧着的，依旧是鲍三春的那把剑。越后幽羊之前交代过，去吴国，除了和西施一起迷倒夫差，你还有另外一件事，那就是替你自己也是替越国，找回铁匠鲍三春。

郑旦是在萧飒兵变后几天的夜里进入的姑苏城，她手里拿着一张伯嚭的门帖。离开越国前，范蠡曾经叮嘱她，一旦在吴宫里有什么闪失，你可以去城西，去那里找伯嚭。范蠡说，文种大夫送给伯嚭的珠宝和财物，已经可以堆成一座山了。

这几天，经历过一场兵变的宫城更加肃穆，虽然所有的尸体早已被清理，但郑旦依旧在宫城以外的夜风中闻到了血腥的气息。在一个阴暗的角落，郑旦捡起一把深陷在尘土中的断剑，发现剑柄上刻有一条鱼。她想，那会不会是鲍三春铸的剑，因为鲍字的左边就是一条鱼。

郑旦站在深锁的宫城外，展开绘在伯嚭门帖上的方位示意图，顺着箭头的方向，她朝着一条小巷走去。那条小巷真是悠长，郑旦觉得，它安静得像一个遥远的地洞。

伯嚭这天正在自家院中和儿子伯聪玩耍。伯聪的脚下，越国送来的珠宝丢得满地都是。他扔下手中一块越国的玉佩，挽起袖管爬上趴在地上的伯嚭的后背，说，走！伯嚭于是昂起头，手脚并用着，乐滋滋地朝墙角爬去。伯嚭说，小祖宗，爹愿意一辈子都是你的马。但是伯聪很不开心，他哭喊着说，我不要马了，我要的是船。为什么伍极可以去齐国看大海，而我却不能？伯嚭有点慌张，他愣了一下，转身抱起儿子说，再等等，什么都会有的。伯嚭后来招了招手，府中一个丰腴的乳母就走了过来。乳母解开衣带，在月光下露出一对饱满的奶，她蹲下，颤抖的奶头上滴出一滴奶水。伯嚭让儿子张嘴，朝着那红艳的奶头迎了上去，又拍拍儿子的头说，喝吧，要多少都有。伯聪咕嘟咕嘟地喝着奶汁，过了一阵子突然停下说，不对，我要的是船。

郑旦就是在这时敲响了伯嚭的院门，月光倾泻下，将她身子拉出一条瘦长的黑影。伯聪推开乳母，蹦跳着过来开门，他的身影只有郑旦的一半那么高。伯聪看着衣衫褴褛又满面倦容的郑旦，说，你真丑。你为什么长得这么丑啊。

郑旦不知所措地站在门口，她发现伯聪此时正盯着自己手中的那把剑。伯聪又突然叫了一声，擅闯太宰府者，要被吴王夫差赐死。你是谁？快把那剑交给我。

伯嚭的身影随后就出现了，他穿戴得有点懒散，两个膝盖上粘了一团泥。接过郑旦手中折成三角状的门帖，他牵着伯聪的手给郑旦让出一条道，说，范将军之前提过你，原来你没死。

郑旦第二天清晨见到伯嚭时，伯嚭正在吃早饭。她眼里的伯嚭十分俭朴，每一口稀饭都吃得很缓慢。而且他很温文，夹起一片酱菜时，对着郑旦笑了笑。郑旦原本以为伯嚭的家中会异常豪华，闪烁的珠宝会在许多柜子的夹缝里漏出一些光。她想不通伯嚭为何看上去会如此朴素，普通得像姑苏城一个普通的居民。

事实上，伯嚭以前也不是如此收敛。先王阖闾时期，伯嚭也常和叔护将军一起去赌博。在城南的那家酒肆里，各国的商人围在一起玩越国的“赌三花”，尖叫声和骂娘声此起彼伏。伯嚭的眼光和手气不错，每次都能赢点金子回来。然后有一天没和叔护在一起时，伯嚭在那里碰到了一个倒霉的越国商人。商人把所有的本钱都输给了伯嚭，最后摊开手说，可惜我连住客栈的资费都没了，大哥是否就让我去府中借宿一晚？等明天我就回国再拿点金子来。伯嚭说，我要是拒绝你，还不让人笑话？那个商人就是文种，他后来和伯嚭赌都不赌，直接把一箱箱的珠宝抬到了伯嚭的院子里。伯嚭也就是从那时开始戒了赌，此后便没再去过城南的酒肆。等叔护问起此事时，伯嚭悻悻地摇摇头说，我觉得自己没有那个命，还是留点银子给我儿子伯聪吧。不仅如此，伯嚭还把所有的新衣裳都收了起来。每次上街时，他都穿戴得普普通通，和碰见的每一个熟人点头微笑，身上没有了一点儿珠光宝气。

伯嚭那天看到前来府中的郑旦时，想起这天下午自己刚刚收了范蠡的一千两黄金。面对那堆金灿灿的金子时，他重重地闭了一下眼睛。他想，这和越国的桑葚酒以及美女仆人不是一回事。他知道收下贿赂的罪名可能就是叛国，下场不一定好。但既然已经拿了文种那么多，这次也就没有必要拒绝范蠡。更重要的是，文种和范蠡很多时候只是让他引导夫差，不要顺着伍子胥的意思再去攻打越国。想起那个骄横的伍子胥，伯嚭摇了摇头，他想，越国的确是够可怜了，而且反正夫差现在一直惦记的是齐国。那么，又何乐而不为？伯嚭相信自己的揣度和拿捏，就像他相信自己“赌三花”时的手气，这些金子，他是准备给伯聪留着了。伯嚭内心对伯聪有点担忧，他觉得伯聪的脑子有点慢，但也肯定不是伍子胥嘴里说的傻。伍子胥那年当着自己的面，说伯聪是个傻子，伯嚭当作没听见，但却一直把这句话记在了心里。他想，既然如此，伍子胥你就别怪我了，咱们就等着瞧吧。

伯嚭这天去上朝后，郑旦在太宰府看到许多熟悉的面孔。她想起，那都是越国之前就送给伯嚭的美女。她们原本就住在越宫的另外一个训练房里，曾经叽叽喳喳得像一群小鸟，经常会引来好奇的勾践。而现在，她们全都用欣喜的眼神望着自己，七嘴八舌地说着一些属于越国的往事。

郑旦还见到了那个乳母，餐桌上，只有她一人仔细地喝着一碗猪脚汤。乳母告诉她，那是催奶的，是给伯聪准备的。再过一个时辰，伯聪就要睡醒了。伯聪一睡醒就要喝奶，他可以喝奶喝到饱。

玖

西施一直昏昏沉沉地躺在一间木屋里。许多个日子，陪伴她的只有床头饭菜由热变凉的气息，以及四周空气中飘飞的尘埃。她将白天睡成了黑夜，但到了万籁俱寂的夜里，脑子却出奇的清醒。这样的时候，她往往会首先想起弟弟施夷青，然后开始在脑海里盘旋起的，就是范蠡的身影。

她隐隐记得吴宫兵变那天，中剑昏迷的自己被抬进这间潮湿的木屋。夫差随后给她叫来了宫医，而和宫医一同前来的范蠡没过多久就头也不回地离去。西施懂得范蠡，她知道这里已经不是越宫，从此以后，她耳边响起的只会是吴国的口音。范蠡走得有点决绝，犹如四月里的一场风，西施只听见他一声有所节制的叹息。

西施摸着中剑的胸口，想起她那天甩袖蒙住了萧飒的眼，这让夫差的箭得以将他射中。那么，自己在夫差面前的第一次亮相是成功的。范蠡之前告诫过她的“灭吴四训”中，其中第一条就是抓住夫差的心，让他忘记仇恨忘记越国。除此之外，“灭吴四训”还说要让夫差远离伍子胥。并且西施和郑旦要姐妹同心，相互握成一把剑。而其中的最后一条是：让伍子胥去死！

那天，听说西施已经苏醒，颜王后带着芸妃假惺惺地来看她。西施那时躺在床上无法起身，只是靠在了一面垫子上。王后看着西施层层包扎的胸口，笑得让人猜不出内容，她说，是什么让你这么勇敢，连死都不怕。西施笑得有点虚弱，她说，我只是觉得，那个萧飒将军根本没有胜算的可能。王后又看着西施那张明净的脸，觉得在容颜上，她和芸妃也都没有胜算的可能。所以她望向窗外的时候，觉得吴宫里那些开在春天的花，其实都开得十分阴郁而暗淡。

王后说，我是这里的王后。这个是我妹妹，大王夫差最喜欢的芸妃。

芸妃仰起头，理了几根头发，盯着西施骄傲得不说一句话。

王后看了一眼床头没有热气的饭菜，终于在离开前说，吴王是我的，你住的这屋子是我的，就连脚下的泥也是我的。你最好什么也别想，想了也白想。

西施看着王后的一张脸，那里有几条堆在一起的皱纹。她说，姐，我什么都没想，只是想睡一会儿。

你还轮不到叫她姐。芸妃终于冷冰冰地开口了，说话做事之前先要想想清楚。

西施捧着受伤的胸口，觉得有点阵痛，可能刚才的翻身撕开了正要愈合的伤口。她疼痛得将眼闭起，什么都没有再说。

门后来哐当一声被踢开，西施听见王后她们离去时高傲的脚步声。然后，春天里的风就找准方向，哗啦啦一阵闯进了大门洞开的木屋中，西施不由得在床上抱紧了自己的身子。

那天王后走出不远，就回头看了一眼紧跟的芸妃。她说，你放心好了，我们一起熬死她。芸妃笑了笑，说，姐你走慢点。这时候，春天里的一只蝾螈，刚好爬过不远处的一段宫墙。王后看着蝾螈那对瘆人的眼，以及身上斑斓的皮。蝾螈慢条斯理地爬到一丛稀疏的墙头草里，而那截悠长又黏稠的尾巴，则有点夸张地露出在春天的风里。

王后在第二天的午后做了一场梦。她梦见一只妖艳的蝴蝶，蝴蝶翩翩飞舞的时候，抖动的翅膀洒下了一些毒粉。王后在这个飘洒着毒粉的梦里打了一个惊心动魄的喷嚏，然后她猛然醒来，竟然发现床梁上真的就蛰伏着一只绿色的蝴蝶。她抓起床头的粉盒一把砸了过去，绿色的蝴蝶便悠悠然地飞走了，途中还回头看了她两眼，并且最后落在了一只蝾螈的身上。王后于是在床榻上弹起了汗水打湿的身子，失心地叫喊，来人，快来人！

西施搬出木屋，是在她被宣召入宫的那天。此前，在王后和芸妃的阻拦下，夫差一直都没来看过她，这让西施的侍女木槿觉得，大王或许已经忘了这个越国的女子。木槿那天看着搬空的木屋只剩下一张床，但窗外的阳光却犹犹疑疑地依旧不敢进来，她想，难怪这间灰暗的屋子会如此潮湿，潮湿得如同一个人的心思。

每年的春末，后宫都要祭拜夫差的先祖。为了让先祖安眠，所有的牌位都陈列在一间寂静的宗庙里，连阳光也被拒绝在了窗外。木槿奉命带着西施前去参祭的那天，风雨交加，雨打在西施的脸上，这让西施不得不将眼睛眯成一条缝。木槿回头看着西施说，主人，我到现在才发现，原来你的睫毛也这么美。跟你相比，那些后宫佳丽都要羞愧地躲起来。

可是那天的宗庙大厅里，除了王后和芸妃，木槿却没有看到夫差后宫其他的女人。木槿望着门外被风吹斜的雨，轻声对西施说，我们再等一等。

王后撩开额前的帘子，她就坐在一件奴仆高举起的金黄色的斗篷下，说，没有其他人了，祭拜的就她一个。又说，被大王册封，却迟迟不来宗庙，西施你这叫不懂规矩。

木槿怯怯地走到西施身后。

那天西施在先祖的灵牌前跪下时，磕在地上的头很长时间都没有抬起。她看见一群忙碌的蚂蚁，蚂蚁扛着一条绿色的僵死的虫子。蚂蚁后来停下，顶着那条肥胖的虫子歇息了一阵子，它们呆呆地望着西施，西施朝它们吹了一口气。

灵牌后的木窗就是在这时候被风吹开，哗啦啦一阵，雨点打了进来。西施急忙起身，赶着要去推上那扇窗。王后叫了一声，西施，跪下！

西施望着那扇窗，迈出的脚步又折了回来，等到她再次跪下时，一阵更凶猛的风便涌了进来。所有的灵牌都倒下，西施看见其中的一块摇摇摆摆地就要坠落下，她撑着膝盖上前，却还是没能将它接住。灵牌砸在了地上，碎成两块。

西施，你就是个祸种！王后的声音穿越在风雨中成了嘶吼。她上前两步，死死踩住西施按在地上的一只手。西施咬紧牙关，想要抽出那只手，一阵挣扎时，藏在怀里的玉珏掉落了下来。芸妃捡起那块西施亡父留给西施的玉珏，看见上面刻了一个越字。芸妃说，王后你看。

王后久久地盯着那块玉珏，从牙缝里吐出一句，西施，你心怀叵测！

回去的路上，雨停了。木槿摘下斗笠，惴惴地跟在西施身后，她想跟主人说一句，宗庙的窗一直被关得死死的，刚才能被风吹开，肯定是有人动了手脚。但是木槿想了想，还是什么也没敢说。她只是看着西施那只被王后踩得红肿的手，现在那手上流淌着一缕血。

事实上，这场防不胜防的事件，王后和芸妃在预谋妥当后已经等待了好多天。一直到那天起床，王后看着奔走在院中的风，以及斜打到长廊上的雨，在喝下一碗莲子汤的时候，她对过来等她做出决定的芸妃说，今天可以叫西施过去，你先让人把那扇窗上的木闩给拆了。

但是事件发生后，王后和芸妃却并没有声张，西施和木槿也没有等来一场意料之中的声势浩大的兴师问罪。

三天后，姑苏城放晴了，阳光在头顶和院子中跳跃。早晨，夫差在芸妃的凤鸣宫里召见了伯嚭，他对伯嚭说，今年的后宫佳丽参祭先祖，太宰觉得是不是可以安排了？伯嚭当即应诺，转身正要去指使宦官操办时，芸妃却突然在夫差面前跪了下去。

你这是怎么了？夫差望着地上的芸妃说。

大王，参祭可否推迟几天？宗庙里现在不适合。芸妃抖抖索索地对夫差说，宗庙里的一块灵牌，前几天被打碎了，她正在命人重新制作一块，现在漆还未干。

夫差拧紧一张脸，看见屋外的阳光亮得有点刺眼。他暴躁地问芸妃，快说，是哪位先祖的灵牌？

是，是大王父亲阖闾的。芸妃抬头说。

是谁将它打碎的？

是西施。

芸妃说完，跪在地上细细地望着夫差。

这天的朝堂上，伯嚭能听见空气中尘埃落地的声音。他想，伍子胥正好抓住这个把柄，又该扯开嗓子大声嚷嚷了。

伍子胥是在监督甘纪锻造钩拒的现场闻听到这个消息的，他那时一把推开田充，直接跨上了一匹枣红色的马。到了朝堂里，伍子胥当场就痛楚地流下了两行泪，他说，我们都愧对先王，先王的在天之灵正在忍受煎熬。夫差沉着一张脸，觉得心里很乱，他实在有点儿不太愿意听一个将军像女人那样啰唆。

伍子胥的声音终于铿锵了起来，他细数西施进宫以来的种种异象。从萧飒兵变的血流成河到宫城上空两片诡异地绽放着血光的云，从先王灵牌的碎裂到西施竟然带着越国亡父的玉珏踏进吴王的宗庙，伍子胥说，这一切的血光和凶兆，深深地惊动了天上的先王，先王实在无法忍受，只得一头撞在了地上。伍子胥最后说，大王，西施是不祥之人，是个灾星。

伯嚭眼看着伍子胥就要催促着夫差要么杀了西施，要么即刻遣送她回国，就走上一步说，大王，既然如此，不如打发西施去冷宫吧。

打入冷宫的西施又回到了那间木屋。她是在五天前受封进入的后宫，五天里她都没有来得及将那副床榻睡暖，也根本没有见到过夫差一眼，但现在，除了多带回的几名侍女，她还多了一项不祥之人的罪名。

回来的木槿推开那扇木门时，西施仰头看见蓝色的天空中，一只老鹰正穿透云层，横着翅膀猛地俯冲了下来。西施觉得被老鹰啄了一口，心里又空落落的，因为她想起，自己竟然没有要回父亲的那块玉珏。

范蠡在吴国一直等到西施的伤口痊愈，之后他又假装得了一场病，让侍卫木心搀扶着他在姑苏城里到处寻医问药。那段时间里，两人在姑苏城磨磨蹭蹭地待了很久，也几乎看遍了南市里所有的店铺。

范蠡这天终于要回越国了，破例得到准许从冷宫出来的西施送他到城墙边。望着远处峰峦起伏的灵岩山，范蠡对西施轻轻说了一句，你现在是在灵岩山的山谷，上山的路要自己去寻找。西施说，冷宫里其实也没什么不好，不好的，是你现在要回去越国。范蠡让西施多去走走灵岩山，他说我和越王之前就在那里替夫差养马。养马养着养着，心就养静了，然后我和越后幽羊想到了一道打败吴国的秘方。

这时候，夫差和甘纪的马碰巧骑了过来，他们这天是要去灵岩山打猎，灵岩山里有很多野兔和麋鹿。夫差在马蹄声里并没有听见范蠡的话，他也没去多看范蠡和西施一眼，骑在马上一转眼就走远了。

西施后来含着泪，眼看着范蠡的牛车远远地驶去。她知道，此后她将独自面对一切。但范蠡刚才也告诉她，夫差是清醒而又强大的，你不能急躁，要做一个水一样静的女人，静缓地流淌到夫差脚边，保留温度，抱定等待之心却不凝滞。

那天木心和范蠡赶着牛车上了一条回去越国的船。在那艘船上，除了被颜王后派来的刺客杀死的两头牛，木心总感觉还是少了一些什么，很久以后他才终于想起，原来是船上已经没有了西施和郑旦。木心望着渐渐离岸的船尾，水中的波纹荡开时，他看见范蠡的眼中飘满了清晨里的一场雾。

可是到了这天深夜，木心却在范蠡的指使下将几头牛全都推进了水里。范蠡让船夫们摇着船桨在太湖上拐了一个弯，他对船夫说，回去。

范蠡在第二天黄昏又出现在姑苏城的南市，那时他已经修改了容颜，化装成了一个白发苍苍的老人。他敲开一间绸布店铺的木门，直接走到了后院。绸布店的主人原本是一个越国的商人，木心记得他前几天带着假装抱病的范蠡进来时，范蠡和商人聊了一个通宵。最后范蠡掏出一袋金子，他对商人说，店铺给我，金子给你，你这就回去越国。

商人说，这是为什么？

为了你的家乡越国。范蠡说，别忘了那里还有你的妻女，你唯一的儿子就死在吴国的刀刃之下，现在还孤独地埋在会稽山脚一块背阴的山地里。

商人犹犹疑疑地收下金子。

送走范蠡，商人是在第二天天还没亮的时候离开了店铺，那时，他什么也没带走。范蠡和木心躲在对面的街角，他们看见商人笔直走向姑苏城的官府，并且回头看了一眼昏暗的街道。范蠡突然叫了一声商人的名字，但是商人转头见到他时，瞬间就慌张地跑了。范蠡于是对木心说，杀了他，他想去告密。木心的短刀第一时间飞了出去，商人的脖颈随即喷出一股血。木心后来听见范蠡说，越国没有这样的子民。

两个月后，伯嚭家中的几个越国女仆就隔三岔五地过来南市购买绸布。她们看上去欢呼雀跃，在一家更换了主人的店铺里买走很多心爱的绸布。时间又过了几个月，当这群女仆再次出现在绸布店时，她们带来的一个同伴叫郑旦。郑旦一直走到绸布店的后院，她看见一棵秋天里的树正落叶缤纷，其中有几片叶子就落在一个白发苍苍的老人的肩上。老人就是范蠡化装成的，他正在一口一口仔细地喝茶，看见郑旦时，他将举起的杯子放下，用苍老的声音说，来了？郑旦记得老人后来又说，不用再过多久，你的名字就要改为洛襄。

洛襄是伯嚭府中的贴身侍女，郑旦知道她正在和一个楚国的商人恋爱，她很喜欢那个楚国商人每天都修剪得十分整齐的胡子。

拾

为给吴国水师锻造钩拒、斧钺以及箭弩，甘纪整整忙碌了两年。他的锻造间就在灵岩山下的一排石房子里，叮叮当当的敲击声从清晨一直响到黄昏，哪怕是夜里也不怎么停下。按照伍子胥的要求，这一片的灵岩山脚，没有经得获许，任何人都不能进入。

钩拒其实就是在一把铁枪头上加装了倒钩。两船交战时，己方若是处于优势，则伸出钩拒钩住对方的船舷，将它拉近后再登船挺起枪头刺杀。而己方若是处于劣势，则用枪头抵住对方船舷将其推远，并且借机逃离战场。

那天夫差前来视察锻造间时，浓烟滚滚中，面对一群赤膊挥舞的工匠，他也举起一个铁榔头跃跃欲试。这时，伍子胥的手下将一个瘸腿的铁匠引了进来，铁匠一直表情严肃，因为伍子胥要他亲手打造一个钩拒送给夫差。望着一堆滚烫的炉火，铁匠却笑得很冷，他说，将军眼里的我仅仅是锻造钩拒的吗？如果是这样，那还不如把我这只手臂砍下，直接投进炉火里。

夫差看着铁匠褐色的皮肤以及青筋暴胀的手臂，他的那条瘸腿比另外一条腿短了一截，脚还是歪的。夫差说，那你能打造什么？

我什么也不能打造。铁匠扔下这句话，瘸着一条腿转身就走了。他走起路来那么一拐一拐的，看上去更像是摇着一条船。

夫差急忙对甘纪说，把他给我叫来，他应该就是这里最好的铁匠，我觉得他眼里藏了一把寒光闪闪的宝剑。

伍子胥在夫差跟前笑了好一阵子，他想起甘纪之前说过的，大王他不仅仅是一个铁匠。现在他似乎知道，大王其实是急于拥有一把上好的剑。

颜王后和芸妃在那个冬天里又想到了西施。有一次和王后一起烤火的时候，芸妃望着窗外的雪说，那个越国的女子，她或许在冷宫里冻得发抖，我让宦官不许给她送去一粒炭。王后笑了，她后来和芸妃各自骑上一匹马，想去看看那个令人笑话的西施。到了木屋前，芸妃看着矮小的门洞，只好下马，她让马抬起前蹄踢开木门，然后牵着马直接踏进了西施的屋里。

西施那时正捧着一只野兔，她在给野兔梳理皮毛。两匹高大的马踩进时，屋子顿时拥挤了许多，连光线也不够用了。兔子在西施的怀里惊奇地抬头，十分仓皇地望向陌生的王后和芸妃。西施的兔子叫子归，它全身盖满了雪白又服帖的毛，两只眼睛是红色的。子归曾经在草丛里差点被一只俯冲而下的老鹰叼走，老鹰落到树丛中一直追赶，伸出的爪子正要将狂奔的子归按住时，闻讯赶来的西施将捧在手里的一碗米饭扔了出去。木碗砸在老鹰的身上，老鹰回头愣愣地盯着西施，一把甩掉身上的米饭，最后沮丧地飞走了。

王后这天问西施，它为何要叫子归？西施说，因为有一只白猿是叫子山，它在越国五泄山的瀑布前抓着树藤荡来荡去。芸妃即刻就笑了，她对王后说，姐，她是在吴宫里太寂寞无聊了，一个人恨不得想归去越国。既然如此，咱们就让大王成全了她吧，省得她在这里遭人嫌。西施放下子归说，当初我既然是送给吴王的女人，那就不能再回越国了。你们要是不嫌弃，让我给你们养马吧。反正越国的女子给吴国养马，我也不是第一个。王后和芸妃对看了一眼，满意地笑了，离去的马蹄声在子归的耳朵里响了很久。子归那时躲在一个角落里。

宫中的马房里养着一大批的马。西施和木槿到那儿的第一天，拴在木桩上的一匹黑色的烈马仰天嘶鸣了两声，随即就朝着她们抬腿踢了过来，西施和木槿慌张地倒退了两步。接下去，西施每一天都在微微的晨曦中起床，起床后稍作修饰就去了马房。在那匹黑色烈马的圈窝前，她什么也不做，就那样静静地看着烈马。她起初是站着，到了后来，她搬过一块石头坐着，双手抱着自己的膝盖。这时候，西施会慢慢地想起子山，她也将这匹暴躁的马当作了子山，就那样笑眯眯地盯着它，盯了它差不多有一个月。马后来对西施不再暴躁，它开始吃西施给它送去的干草，但还是不愿意让西施骑在它的身上。西施说，你肯定是饿了。我给你取一个名字，你那么的气势连绵，那么就叫昆仑。昆仑踢蹬着健硕的腿望向西施，西施的头发上沾了几滴这个清晨的露水，露水像是飘着清凉花粉的气息，让它忍不住突然打了一个气势雄伟的响鼻。

事实上，西施的身上的确有着花粉的气息。过去那么长的时间里，木槿采集了宫中各色花瓣，她和其余的侍女一起，跟着西施用越国手艺制作香粉。香粉晾干后，就装在一个个木盒子里。子归也开始喜欢上了香粉，西施把它眼睛包住，不管将它扔得有多远，等她回来时，眼上扎了一根布条的子归已经在门口静静地等着。子归是一只聪明的野兔。

但是子归有一天差点就被甘纪射死。

木屋的不远处是宫中一个空旷的训练场，风毫无遮挡地吹着，吹得天空下杂草丛生。那天夫差和甘纪要在训练场比赛骑射，夫差看着飘扬的旗以及马道两边竖立着的箭靶，他对甘纪悄悄说了一句，给我点面子，今天让我一手。甘纪拉了拉弓，说，大王你一直没有输过我。伍子胥这时候走了过来，他等夫差走远后对甘纪说，今天你必须赢，要给大王一个警醒，不然他会忘了武治天下。听了义父的话，甘纪于是茫然无助地站在风里。

鼓声擂响时，子归兴奋地闯进了训练场。

前面几轮赛事很快就结束，夫差和甘纪几乎打了一个平手。最后一轮开始时，甘纪在起点处挥动起马鞭，跟着夫差的马一起冲了出去。甘纪在奔腾的马背上将弓拉满，正要瞄准箭靶时，却在观战的人群中看见了一张脸。那是曾经多次出现在他梦中的脸，但在木渎城一个梨花纷飞的春日里，这张脸却坠下了一截悬崖。甘纪在马背上恍恍惚惚，全然不知所以地放开了那支箭，箭头没有射向箭靶，却笔直飞向了草丛中探头探脑的子归。子归好奇地望着那支突然奔向自己的箭，一动不动。

让甘纪分心的女子的确就是郑旦。郑旦这天跟随伯嚭一起进宫，怀里抱着伯嚭刚刚采购的一卷丝绸。听说夫差和甘纪在比赛骑射，伯嚭于是带着郑旦来到训练场。郑旦将丝绸放下，猛地看见骑在马背上的竟然是甘纪，她怔怔地望着甘纪，两人的视线碰撞时，甘纪捏着箭羽的手不由自主地松了开来，然后她听见场外所有的人都发出一声惊叫。郑旦情急之下脱出手中的玉镯，朝着那枚箭头的方向扔了过去。只听得叮的一声，甘纪的箭撞在了那只碧绿色的玉镯上。全场一片哗然。

夫差也不免惊叹郑旦的身手，他后来从伯嚭的嘴里得知，这个又将丝绸抱在怀里的女子就是太宰跟他提起过多次的府中侍女，她叫洛襄。伯嚭之前说，改天我带她进宫一次，大王要是中意，可以把她留在身边。夫差看着洛襄，觉得没有什么不满意，他又看看甘纪，甘纪盯着洛襄的那双眼是他在过去从未见到过的。夫差于是对伯嚭说，太宰，你让她留下，留下给寡人当贴身侍女。事实上，夫差那时觉得，甘纪的眼中如何才能有那样的光彩？他想，等到吴国打败齐国的那一天，他要把洛襄赐给甘纪。甘纪成亲的时候，他要喝很多的酒，全都是齐国的美酒。

伍子胥颓然地望着这一切，他什么也阻挡不了。但他后来走到甘纪身边，冷冷地说了一句，没用的东西！

那天，甘纪的箭飞向子归时，西施的心几乎跳出了胸口。因为萧飒当初叛乱时刺出的那一剑，令西施的胸口现在还偶尔会隐隐作痛。夫差后来看见抱着胸口的西施，盯着那双惊魂未定的眼，他说，你就是西施？西施茫然地将头低了下去。夫差从西施身边走过，闻到一股前所未闻的香粉味，他不禁又回头看了一眼西施。郑旦就是在这时朝着西施走来，她笑得很浅，几乎不容易被人察觉，她对西施说，我能确定，那人不能忽视你的美。西施听见洛襄的声音就那样轻轻地飘了过去，像是飘在几年前的越宫里。西施过了很久才愿意相信，那是郑旦，郑旦原来没有死，她现在进宫了。西施那时觉得，吴国的天突然明亮了起来。

那天的夜里，范蠡的绸布店中飞来了一只木鹊，木鹊缓缓栖落在头顶婆娑的树影间。范蠡抬手摘下木鹊，看见的是郑旦送来的一则情报：顺利进宫，刚才见到了西施，她很好。

捏着那支和手指一样长的竹筒，范蠡过了很长时间才坐回到院中的椅子上。

木鹊是用竹子和木头削成的，它长得就像一只鸟，有着一双巨大的翅膀，据说能在空中飞行三天而不落下。和甘纪打造的钩拒一样，木鹊也是公输班发明的。但是因为公输班是鲁国人，所以人们也叫他鲁班。

拾壹

四季的风轮流吹拂着越国，越国的天空开始不再灰暗。勾践有时坐在宫中，看见纷乱的季节骑着不同颜色的马走远，如同头顶一片片翻卷过去的云。

如今，在越后幽羊和文种的带领下，越国正在大力兴修水利，种桑养蚕。会稽山下，层层叠叠的桑树和迎风摇摆的桑叶占领了越国所有的空余疆域，阳光下泛着浓郁的植物气息。

桑叶是蚕的饲料，桑树的枝条又可以编织农夫家中的箩筐。此外，红色和暗紫色的桑葚果又美味可口，可以食用，可以酿酒。勾践采了一把扔进嘴里，桑葚甜美的汁液就覆盖了他的舌尖。

勾践常常和幽羊一起，面带笑容地走进农家。幽羊兴致勃勃地抱过农妇怀里正在吃奶的孩子，她将一块绕着红色丝线的玉佩挂到婴儿的脖子里。幽羊的手指抚摸着婴儿的皮肤，在婴儿吐出的奶水泡沫的香味里，她对农夫一家说，越国需要你们多多生育孩子，特别是男孩，我们会给更多的奖励。

勾践又记得那年夏季暴雨如注的日子里，无情的洪水卷走了百姓的房子，河里的鱼慌慌张张地蹦跳到房梁上。此时，幽羊和文种及时出现在了受灾现场。幽羊的一双眼是潮湿的，分不清是雨水还是泪水。幽羊后来让灾民全都搬迁进了越宫里，她在混乱的人群中穿梭，给他们铺上草席，供应一日三餐。百姓们看见越后和自己一起喝着稀饭，一个个将脸埋进了木碗里。

荒无遗土，百姓亲附，这是文种给越国制定的复兴谋略。勾践有一天和幽羊走进村中一片新开垦的地里，这里曾经是一片荒土，但在幽羊的号召下，村民们开始种植桑树。幽羊那天跟百姓一起采集桑叶，她后来在劳累的时候坐到了地上，对百姓们说，我来给你们讲一个故事。

幽羊说，很久以前，吴国和楚国边界处的一个山头上，也和我们这里一样长满了桑树。那时，楚国的卑梁氏之女和吴国的无名氏之女，都去这个地方采取桑叶，她们身上漂亮的衣服就是蚕丝织就的。两国的女子本来在采桑叶时离得很远，但渐渐地，楚国的卑梁氏之女向吴国的无名氏之女靠近了不少。无名氏之女于是气愤地对她们说，站住，这是我们吴国的桑叶。但是楚国的女子想，我们人多，我们不怕你，就采给你们看。两国的女子于是放下篮子卷起袖子，在山头上扯着彼此的头发狠狠地干了一架，桑叶都被踩碎在了泥地里。

那次，吴国的女子落荒而逃，她们伤痕累累地回到吴国，将这样的遭遇告诉了官府。吴王僚是一个恶毒的男人，他于是就带着公子光一起，派出军队长驱直入攻打楚国。楚国因为没有准备充分，被公子光偷袭成功，结果割让出了居巢和钟离两个城池，以及更多的田地和人口。

幽羊的故事讲到这里时，桑地里一片安静，连夏天里的蝉也不敢发出一丁点声音。幽羊久久地望着桑叶上细碎的阳光，想起了越国曾经的遭遇，她终于开始嘤嘤抽泣，脸上挂满了泪水。

勾践记得那天的后来，幽羊擦干眼泪对百姓说，公子光就是后来的吴王阖闾。幽羊说完，一串眼泪又掉了下来。这时，一个愤怒的农夫便猛地站起身子，举起锄头一阵哭喊，吴国的仇，一定要报！一定要报！

农夫的锄头撑起了头顶的一大片桑叶，阳光顿时倾泻了下来。阳光下，更多动情哭泣的百姓站起，他们攥紧拳头呼喊，报仇！报仇！

阳光像一把所向披靡的刀。勾践这时候看见，幽羊望着那把刀渐渐地笑了。

几天后的清晨，睡在床上的西施被一阵翅膀的扑腾声所惊醒。她推开窗户，便见到了一只范蠡送来的木鹊，木鹊上的消息告诉她，会稽城和诸暨城的百姓安居乐业，如今的越国，正是一派欣欣向荣。西施抱着那只木鹊，感觉那里有着范蠡的温度，想起两天前已被自己驯服的烈马昆仑，她有点欣喜地露出了笑容。

这天上午，木槿看见西施在马房前刚刚开辟出的院子中跳起一段响屐舞。木槿呆呆地看着舞蹈中的西施，没过多久，身边就聚集起了所有的侍女。她们聚精会神地看着随风飘舞的西施，在西施脚下那片叮当作响的铃声中，感觉中午很快就到来了。木槿也是直到这时才发现，马房中的昆仑，目光如同一碗清澈的水。昆仑摇摆一下头，打了一个放肆的喷嚏，最后露出牙齿笑了。

田充的一匹快马奔跑在路上。田充和马一样渴，但是田充不想停下。

田充这天是从越国赶回来。过去的日子，他潜伏在越国打听到了很多消息，所有的消息都是伍子胥所需要的。伍子胥说，田充，你作为路营的首领，你就是吴国的耳朵和眼睛。无论何时何地，你听到的和你所看到的，都要回来向我禀报。

田充回到姑苏城，在伍子胥府中整整待了一个晚上。伍子胥于是知道，越国正在恢复元气，勾践食不重味修身养性，与百姓同苦乐。田充还说，如今越国的子民将文种和范蠡比为管鲍之交，他们常常手捧着《管子》，热烈地讨论治国之道。伍子胥盯着田充，田充每说一句，都让他更加替吴国担心。他之前也让夫差多多研读《管子》，并且对夫差讲起了其中的很多道理。但夫差后来变得有点不以为然，他说管子能管得了过去的齐国，却不一定管得了现在的吴国。

田充这天也讲到了齐国，他告诉伍子胥，文种现在亲于齐，深结于晋，且阴固于楚。据说越国派往齐国的使者每年不下于三次，他们每次都送去令齐国君臣深深喜爱的丝绸。

他们和齐国打得火热，这是为什么？伍子胥这样问田充时，心中其实已经有了答案。他也就是在这时想起了鲍缺，他想，该让鲍缺来吴国做客一次了。人要是多年未见，很多事情会变。

受伍子胥之命，田充即刻就要秘密前往齐国会见鲍缺。田充之前的那匹快马已经累得不行，它在马圈里睁着一双疲倦的眼，很想好好地睡一觉。田充于是去找阿布，请他给自己选一匹上好的马。阿布见到田充时，感觉田充这几年里像一棵迅速苍老的树，他有点替田充心疼，在心里叫了一声哥。

阿布是田充的弟弟。许多年前吴国被越国打败的那次槜李之战，阿布和田充的父亲在掩护先王阖闾撤退时被越国的两支箭射中。父亲被抬回到姑苏城南市护城河边的家中时，他躺的那片门板上，血一滴一滴地掉入河水中，又渐渐在摇曳的水草间消失。田充和阿布看见，那天和血一样红的夕阳也很快就掉落了下去，然后他们突然听见母亲一声如同撕裂开一截丝帛般的哭喊，她的眼中像是塌下了一片天，说田充阿布，你们两个快跪下，你们父亲他走了。

阿布和田充这天一起走在姑苏城的南市里，过去的生活让两人都不怎么喜欢说话。阿布沉默地提着自己的那把刀，他总是刀不离手，一双眼也喜欢搜寻身边的一切。田充牵了一匹马，那是阿布刚刚替他找来的。阿布说，哥你知道吗，西施现在替大王养马。田充于是想，为什么越国人都这么喜欢替吴国养马？他和阿布并肩行走在南市潮湿的街道上，昂扬的雾气氤氲升腾时，模糊的眼里经过了一间又一间的店铺，那些店铺卖什么的都有。这些年，赢得战争的姑苏王城正变得越来越热闹，田充和阿布几乎已经认不出当初属于自己家的位置。他们只是记得，父亲死去的当天夜里，母亲去河里给他打清洗身子的水，但是母亲那次眼前一黑，和水桶一起掉进了河里，从此就没有再浮上来。后来是伍子胥收养了他们这对孤儿，伍子胥头上缠了一圈白布，他说，所有为国捐躯的男人，吴国都不会丢下他们的孩子。田充阿布你们不要忘了自己的父亲，也不要忘了以后要为国家而战。

田充这次回国，原本想要告诉弟弟阿布，他已经有了深爱的女子，两人并且热恋多时。他还想跟阿布说，你以后会发现，你的嫂子跟咱们的母亲一样美丽。但田充看着阿布紧锁的眉头，抓在手里的长刀仿佛时刻准备着砍杀出去，所以他想了想，还是将这样的话收进了肚里。

阿布的刀是他父亲当初留下的宽口大刀。那年，伍子胥的手下将大刀连同他血肉模糊的父亲一起抬了回来。埋下父亲的那天，阿布在坟碑前跪下，抱着那把刀对田充说，哥，我以后就用这把刀替父亲报仇。田充于是看见弟弟的一张脸映射在刀背上，刀光闪闪将他的一双眼挤成了两颗黑魆魆的点。田充还记得弟弟那时就和父亲的刀一般高，弟弟抱着那把沉重的大刀时气喘吁吁。但是没有经过几年，弟弟就在深记父亲仇恨的血雨腥风中节节拔高，如今他已经整整高出自己一个头。除此之外，弟弟的一双眼也几乎和伍子胥的那双眼如出一辙。

吴国又一年的春天到来时，无数的桃花开得漫山遍野，让人觉得是天上成堆的彩云失足掉落到了人间。

洛襄这天跟随夫差和甘纪前去赏花，她已经深得夫差的信任。站在姑苏城比比皆是的石桥上，河水流淌风吹树响，洛襄看见桃花将河水映得一片通红。但她始终不敢去看甘纪的眼，她觉得在那双眼里，所有的桃花仿佛都是那年木渎城里遮天盖地的梨花。

回去的路上，洛襄在一路桃花和杨柳的指引下，将夫差带到了宫中马房前的那片院子里。她早就听说西施和木槿她们一直在这里跳响屐舞，如她所愿，西施这天果然就在。洛襄回头，偷偷看了一眼夫差，然后静静地站到一旁，就好像她刚才是误入花丛，突然就闯入了西施的跳舞现场。

不出洛襄所料，夫差这天被迷倒了。他后来和甘纪悄悄说起，和眼前的这场响屐舞相比，宫中的那些舞蹈未免就显得四平八稳，缺乏生动的灵气。他又故作惊奇地问洛襄，这个跳舞的女子是谁？洛襄想了想说，大王，她就是待在冷宫中的西施。

传我的话，择日宣西施进宫表演一场。夫差对洛襄说，这样的舞蹈，不能在马房里给白白浪费了。

洛襄并没有去看一眼西施，她只是将夫差的这句话记在了一片空白的竹简里。她想起范蠡之前对她的嘱咐，得赶紧让西施毫无遮挡地站到夫差的眼里，不然，西施的容颜就会一天一天地消退，而我们过去所有的努力都将付之东流。

夫差这天毫不掩饰内心的惊喜，他后来又听洛襄像是在无意中说起，西施脚上的那对铃铛，如果她是踩在一个大缸上，传出的回响声音说不定就更加悦耳。夫差将这句话记在了心里，他觉得这是一个动听的想法。

颜王后无法抗拒夫差的命令，但是她感觉到了这个春天中的暗流。那天她叫来芸妃，两人在一扇背对阳光的窗子前阴郁地坐了很久。颜王后说，大缸，铃铛，她这是想要上天吗?

鲍缺率领的齐国使团到达吴国的那天，西施表演的日期最终敲定，响屧舞将作为欢迎齐国来访仪式上的一场重头戏。

洛襄记得，那天等候西施上台的几个大缸已经早早摆在了酒席中间，大缸上铺着一块巨大的板。夫差进场后朝四周看了看，坐下之前，他对伍子胥身边的鲍缺远远地笑了笑。西施盛装出场，她比往常还要美。可是款步走向大缸的时候，西施的脚却扭了一下，她一个趔趄，差点就跌倒在了地上。此时，夫差刚好端起一樽酒，他皱了皱眉头。

那天的后来，西施在大缸上将高高挥舞起的丝带绕过了一截房梁，她抓住那段丝带，脚尖用力，整个身子便如燕子般腾飞了起来。洛襄感觉无比地惊奇，她看见西施就那样曼妙地飞舞在半空中，在众人的头顶如同一片流动的彩云。激昂的丝竹声走向平缓时，西施凝神收气，静静地飘落下来。但就在脚尖触地的那一刻，她又猛地用力，将丝带收紧的同时，抬腿踢出的铃铛短促又激烈，身子也再次腾空而起。夫差诧异地起身，所有的人都和他一样惊呆了，而那几个略显慌张的乐师，也在恍然醒悟时即刻重新吹奏起了乐曲。

但洛襄却在那时看见，西施的木屐上掉落了一滴血，血沿着缠绕在她脚上的丝带，慢慢地滑落了下来。

西施后来是在木槿的搀扶下回到马房的，她那只脱了木屐的脚上已经沾满了血。木槿不会忘记离开酒席时颜王后在斜刺里投来的目光，她觉得那双眼里全是钉子。

事实上，为了让西施出丑，颜王后这次也的确在背后设了预谋，她让人在西施的木屐上掌了三颗钉子。西施每走出一步，尖利的钉子就扎入她的脚板一次。

木槿提着西施那只被血浸透的木屐，在夜晚吹进木屋的风里，她看着熟睡的西施站了很久。

夫差这天没有去芸妃的寝宫，他后来在甘纪的锻造间里挥汗如雨，又和那个瘸腿的铁匠聊了很久。第二天清晨，他在回去的路上顺着一条小道经过了马房。模糊的晨光中，他看到马房门口怒放的桃花。门吱呀一声开了，夫差一个闪身，看到的正是晨起的西施。西施有点艰难地踮着脚尖，停下后踢了几下腿，然后她吹了一声口哨，松了缰绳的昆仑竟然径直向她走了过去。西施奔跑了一阵，纵身飞跃上马背，让昆仑带着她在这个花香四溢的春日里开始飞驰。夫差知道，昆仑是一匹没人能够驯服的烈马，但它现在却紧紧地贴着西施的身子。

这天，西施假装没有看到身后的夫差，她主要在这个清晨里，想念了一会儿范蠡。因为她已经从洛襄的嘴里得知，范蠡现在经常奔波在吴越两国之间。在吴国，范蠡是南市店铺里的一个绸布商人，他有着满头的白发。西施于是想，如果此时范蠡也是和她一起骑在一匹马上，那么他的白发就是这个清晨里最初的一抹曙光。

夫差在当晚就敲开了西施的木门。进门后，他对西施说的第一句话就是，我想建一座馆娃宫，我希望它有很多亭台楼阁，又有数不清的长廊，你看需要多少间房？西施在门前诧异地看着夫差，她觉得这个夜晚很像是从水底浮沉上来的，所以夫差说的很多话她都没来得及听清，她只是听见夫差的身后，门外的院子里突然传来几声轻微的响动。然后夫差搂着她，让她转过身去，并且在她耳边轻声地说，不要回头，你知道外面是什么动静吗？

知道。不是王后的人，就是芸妃的人。

夫差哈哈大笑，抬脚猛地将身后的门板给推合上，说，这些人胆子真大。都是跟伍子胥学的。

说完，夫差牵着西施坐到了床上。然后没过多久，他就在西施身上弥漫的香粉味里想起了这天清晨怒放的桃花。他看见桃花开得遍地都是，转眼就将深夜里的吴国照耀得一派粉红。但西施此时却听见，窗外那棵高得越过屋顶的桃树上，似乎降落了一只木鹊。

夫差在这天的后半夜里异常清醒，对着清朗的夜色，他始终睁着一双精力旺盛的眼。他想起自己心中考虑了多时的一个念头，那是一个宏伟的计划。计划里，他要在衔地筑城，并且要紧接着开凿一条衔沟，那是能连接了长江和淮水的一条巨大的水系。而顺着这条水系，吴国数不清的船只便可以直达中原。

但是西施第二天醒来时，却听见夫差说，我已经想好了，馆娃宫就建在灵岩山上，宫内并且要建造一条长长的响屧廊。那样的话，你和侍女们跳起响屧舞时，铃铛的声音就会在空旷的灵岩山上传得很远。西施以为夫差是在述说一场梦境，但她随后又听见夫差说，要赶制大量的木屐和铃铛，派发给所有的宫女。我希望不久的将来，灵岩山彻夜表演响屧舞的群舞，响屧舞通宵达旦，而你则是这场群舞中最闪亮的一颗星。

拾贰

鲍缺站在就要出发的马车前，前来给他送行的是伍子胥的一家人。此次出使，令鲍缺印象最深的还是西施的响屐舞。在夫差面前，鲍缺多次对仙子一样的西施赞不绝口，这让夫差很受用。

田充当初去齐国邀请鲍缺来访时，代伍子胥传达的意思是为了增进两国之间的交流和友谊。但鲍缺这次并没有像伍子胥预想的那样，他在吴国待的时间并不是很久。鲍缺只是觉得，自从那次欢迎仪式后，伍子胥的心情便一落千丈，而在两人对饮时，伍子胥也经常黑沉着一张脸，胸中有挥赶不尽的愁绪。鲍缺那天试探着说，将军有心事，是不是我这次来访的不是时候？伍子胥却摇头说，恰恰相反，我希望鲍将军能在这边待得越久越好。鲍缺看着伍子胥的脸，昂头独自喝下一口酒，接下去的时间里，他想不出自己该说些什么，然后却突然说了一句，几年没见，伍极现在长高了很多。

那天鲍缺在马车前摸了摸伍极的头，伍极很想再去一趟齐国，他一直惦记着那个叫作夜邑的海边城池。但是鲍缺知道，当着伍子胥的面，伍极不敢说出那样的话。鲍缺后来只是对伍极说，用不了多久，你就会长成吴国一名英勇的将军。到那时，我带你去晋国，那里有肥沃的土地和数不清的牛羊。

伍极和父亲一起，一直目送着鲍缺的马车走远。事实上，那时他们俩都不知道，鲍缺其实是急于赶回齐国，他要尽早回去跟自己的大王说一声，吴国正在准备打造一条衔沟，衔沟可以直达齐国。

拾叁

西施和夫差一夜合欢的消息没过几天就传回了越国，这次是范蠡亲自回国送达的消息。

范蠡那天下马后大汗淋漓，但他没有顾得上休息，直接就去了勾践的宫中。勾践和越后在两张全新的椅子上正襟危坐，他们已经在椅子散发出的桑树木材香味里等了很久。范蠡急匆匆地赶了进来，摘下头上那顶被风吹乱的银色假发，他只对越后说了两个字：成了！

越后猛地从椅子上站起，眼里顷刻间流光溢彩。对着跟随范蠡闯进来的那片慵懒的阳光，她长长地吐出一口气，说，越国有救了。

勾践也离开了那张椅子，因为他看见幽羊的眼里正流下两行欣喜的泪。这次他慢条斯理地说，我早料到会有那么一天，作为一个男人，夫差他怎么可能过得了这一关。

你是不是觉得夫差比你有福气？越后转头对着勾践说。

勾践将头低下，他看着范蠡扔在地上的那团蓬松的假发，阳光在它上面勾勒出毛茸茸的浮影。此时他其实很想问一句范蠡，你会后悔吗？那原本是可以属于你的女人。

范蠡并没有在越宫中多停留片刻，这时他问越后，施夷青在哪里？

施夷青这天就在苎萝村隐秘的训练场里，他原本是对着一个木头刻成的吴国士兵挥舞着拳头和肩肘，这样的时候，他豆大的汗珠就如雨点般打在了吴国士兵一片油腻的脸上。施夷青揉了揉布满厚茧的手背，又向前走出很远，直到他忽然一个转身，从腰间拔出的两把短刀即刻朝着吴国士兵飞了出去。两把短刀不偏不倚，正好扎中吴国士兵那两处深陷的眼窝，施夷青随后冲上，抬腿间就将木头刻成的士兵踢倒在了地上。

这天的晚饭时分，施夷青突然将捧在手里的木碗放下。他一把推开岩鹰将军，趴到地上后将耳朵贴近埋在那里的一只陶瓮，然后说，将军，我听见东北方向，有两匹快马正往这边赶来。岩鹰问他，你觉得是友还是敌？施夷青说，他们应该没有带兵器，至少我没有听见风吹过刀口的声音。岩鹰喜滋滋地笑了，他说，那就开门迎客吧。

果然，不到一炷香的工夫，训练场的门前，范蠡和木心的身影就从两匹马上跃了下来。但施夷青却狠狠地转身，他对岩鹰将军说，不见！岩鹰有点困惑，但他很快又听见施夷青说，就是这个男人，是他将我姐送给了吴国。

范蠡在少年团的训练场里待了很久，他眼看着那些少年勇士如今已经长高，并且长出了饱满的肌肉，他们在诸暨城青灰色的月光下毫不懈怠地操练。他想起这天下午，文种曾经告诉他，勾践已经重金聘请了一个精于弓弩射法的男子，他叫陈音。在会稽山下，陈音教授越国的军队如何熟练掌握用弩技术，包括瞄准、连续发射及衡量弩力与箭头的力量比。文种说，最佳的力量比例是箭重一两时拉力一石，这是久经验证的弓弩之巧。此外，越军还聘请了善于剑戟之术的“越女”，让她来教授军士运用在剑端的格斗技术，使他们能“一人当百，百人当万”。范蠡知道，越地之前的民风是“越兵敢死”，惯于各自为战，但现在纪律严明的军中却反对“匹夫之勇”，反复强调所有作战者都要在统一号令下统一行动。纪律并且规定，服从指挥者有赏，违犯者则“身斩，妻子鬻”。

范蠡那天离开少年团后便信心满满，他觉得，能有这样一支装备精良、训练有素且人人抱有必死之心的精锐部队，多年以后，必定是三千越甲可吞吴。离开之前，范蠡久久地望着施夷青，他对施夷青说，我早说过，越国需要你这样的人才。又说，你该为你姐姐骄傲。

范蠡这次在越国整整待了将近一年，其间，他看见越国的百姓捧着一堆扎了铁钩的丝线前去拜访越后幽羊。百姓对幽羊说，这是他们送给大王的钓鱼线，是用结实的蚕丝绕在一起做成的，他们祝愿大王能在河中钓到更多的鱼。但幽羊那次却将这样的礼物给推了回去，她对百姓们谆谆教诲说，蚕丝不是拿来做鱼线的，它有更大的用场。又说，越国不能杀鸡取卵，而与此同样的道理，那些河里的鱼也得留着，留到我们攻打吴国的那一天，送去给我们前线杀敌的将士。

将近一年的时间里，范蠡也收到了很多木鹊。那些木鹊上的竹简都是西施和郑旦或者说洛襄从吴国发出的。范蠡之前在吴越两国的路程上安插了好几个木鹊接收点，他们先是收下吴宫里飞出的木鹊，然后摘下其中的竹简，捆绑到另一个木鹊上，又让它在深夜里飞去下一个接收点。

通过这些竹简，范蠡和文种知道，吴国已经着手开凿衔沟，施工现场挤满了黑压压的民夫。为此，夫差让百姓有力的出力，没力的捐资。此外，灵岩山上的一批树木已经被砍倒，它们纷纷被运往衔沟的建造现场，用来打桩，搭架。而夫差要送给西施的馆娃宫，如今也已经有了一整套完整的方案。只是夫差最近看着光秃秃的灵岩山突然陷入愁苦，因为他觉得，馆娃宫要用的木头，姑苏城里已经供应不上了。

那天文种看着手中的竹简慢吞吞地笑了，他对范蠡说，木头在越国的埤中和会稽山有的是啊，只要吴国肯出资购买，我们还有大批的能工巧匠，保准能将馆娃宫建设得美轮美奂。范蠡击掌而起，说，你这话又让我想到了伯嚭。

但是有一天，范蠡却收到了洛襄传回的另外一条消息。消息说，伍子胥在面见夫差的时候，跟夫差提起了越国百姓口口称赞的范蠡和文种的“管鲍之交”，然后伍子胥又说到了百姓给勾践赠送鱼线的故事，他借机提醒夫差，衔沟可以缓一缓，馆娃宫可以放弃。

范蠡和文种听闻消息后陷入长久的沉默，然后文种盯着范蠡说，看来我们身边有吴国的奸细，他就藏在会稽城里。范蠡点点头，又听见文种说，哪怕是掘地三尺，也得找到这个奸细。

伯嚭很快就收到了越国送来的又一批礼品，他的确正在为馆娃宫的木头而焦急，夫差心头的这点忧虑，他已经看出很久。在西施和洛襄的配合下，他提出的向越国采购木头和工匠的建议得到了夫差的同意，而且他还答应文种，可以另外向越国增加采购一批海盐。但是为了避嫌，伯嚭将负责此次采购的差事交给了叔护。伯嚭对文种说，叔护将军你认识吧？他就是芸妃的父亲，现在也常常站在伍子胥的一边，时不时就会来找我的一点儿麻烦。文种谦逊地看着伯嚭那张圆滚滚的脸，告退之前说，多谢太宰的照应和指点，我这就回去准备。

叔护带了几箱黄金，沿途观赏着水边的秋色，气宇轩昂地来到越国。踩下船舷的那一刻，他对前来迎接的范蠡招了招手。等范蠡走到跟前时，叔护颐指气使地说，你们越国可有好一点儿的客栈？我这个人不怎么喜欢寒碜。

木心把叔护照应得很好，每天晚上都请他喝酒，叔护的脸色越来越红润。那天木心带酒过三巡的叔护在会稽城的街市上闲逛，叔护看见一个狭窄的门洞里盖着严实的布帘，里头一片漆黑，但进进出出的人却不少。叔护于是停下向木心打听这里的实情，木心经不起追问，说起了隐藏在这里的一家地下赌馆，还提到一些不听官府劝阻的商人乐此不疲地来此“赌三花”。赌博在越国是严令禁止的，所以木心没敢说多，声音还很轻。但是等他说完，叔护却搓着手掌说，我走不动了，咱们进去玩一把吧。

木心着实被吓了一跳，连连摇头说，这可使不得。可是他话还没说完，叔护已经上前撩开了门帘。

叔护当初和伯嚭在姑苏城城南酒肆里玩耍的赌博也就是“赌三花”，庄家的手里有三十张铁片，每张铁片背面都刻了数量不等的红黄两色花瓣。按照由北往南的顺序，庄家给每个下注者分发三张铁片，铁片翻开，花瓣数量最多者则为赢家。如果有两个或两个以上的赢家，则看谁手里的红色花瓣多。叔护记得，在吴国，他曾经一次抓上了三十片花瓣，那是绝无仅有的“三花”，桌上所有的金子都是他的。

叔护相信酒能壮手气，他这天喝了不少的桑葚酒，香甜的酒气一直缠绕在温润的喉咙里。果然，他这天大大地赢了一把，还给木心分了一些碎金。

接下去的几天，叔护每天都带着木心出现在赌场里，他的手气一如既往地好。常常是他刚翻开铁片，其余的赌家就哀叹一声，直接将铁片扔回给了庄家。木心眼看着叔护聚拢在胸前的筹码越叠越高，他都有点不敢相信这是事实。

但是后来有一天，叔护提着一袋金子正要扬扬自得地离去时，一个齐国商人却将他挡住。商人长得人高马大，站在叔护面前像一堵墙，他输红了眼，对着叔护龇牙咧嘴地咆哮。商人说，你作弊，换一个发片的庄家，我们再来过。叔护看看木心，木心上前推了一把商人，说，让开。商人一把掐住木心的脖子，说，你再吼一句，我就把你的嘴皮给撕开。叔护掰开商人铁爪一样的手，说，多大的事啊，我再陪你玩一会儿。木心扯扯叔护的衣袖，叔护对他说，没事，咱得让人输得心服口服。

叔护这次想错了，这回他把袋里所有的金子都给赔进去了。可是面对那个渐渐喜笑颜开的齐国商人，他却气定神闲地说，没事，金子有的是，你在这里等我一会儿。叔护起身拍拍屁股，带着木心回了一趟客栈。这次，他带来了更多的金子，让那些围观的人觉得，金子都要把桌腿给压断了。

叔护的手气并没有扭转，他那天输得很惨。最后一局的铁片翻开时，叔护盯着眼前少得可怜的几片花瓣，一把就将赌桌给掀翻了。他说这局不算，老子没钱了。事实也的确如此，叔护刚才把来越国采购用的官钱也赔进去不少了。

赌场里即刻炸开了锅，众人的指责声里，木心带着叔护垂头丧气地正要离去时，一把椅子朝他飞了过来。木心一个躲闪，椅子砸在墙壁上，即刻散开了架。

那天木心和赌馆里的一群打手拳来脚往并且最终拔刀相见时，幸好范蠡在闻讯后带着一群卫兵及时赶到。范蠡看着眼前的一片乌烟瘴气，狠狠地说，把这赌馆给我封了！范蠡说完，赢钱的商人卷走金子和那批打手即刻就作鸟兽散。

越国新鲜砍伐的木材已经装船，精挑细选的工匠也已准备妥当，但叔护现在付不出购买海盐的金子。他那天向范蠡求助说，怎么办？范蠡沉思了一阵，随后就回答得很干脆，他说将军请放心，越国自会帮你。

叔护第二天见到即将启程的船队里载了满满的一船海盐，海盐堆在船上像一座山，并且在阳光下闪着蚕丝般的光泽。叔护握着范蠡的手，喜悦又感动。范蠡将手留在叔护的掌心里，说，将军大胆回去便是。赌场里的事就像天有不测风云，但你我都无须担心。

正如范蠡所言，风云不测在叔护回去吴国的路上不期而至。那天夜里，眼看着即将靠岸，载着海盐的那艘船却突然触礁了，叔护眼看着船体慢慢倾斜并且沉下，两名下水察看的随从又浮出水面，惊慌地叫了一声：将军，我们买到的海盐是假的，下面都是沙子。叔护走到船舷，看见铺在最上面的那层海盐纷纷掉进水里，很快就溶化开来，他捞起一把盐，抓在手里说，胡说，这不明明是盐吗？两名随从觉得将军是没有想明白其中的花样，正要开口解释时，叔护拔出的一把剑已经在夜色中向他们砍了过来。

叔护扔下剑，让它和两名随从的尸体以及银白色的海盐一起沉入了水底，此时他一遍又一遍地想起范蠡。

叔护回到吴国后向伯嚭如实说起了沉船事故，伯嚭眼光闪烁，说，这事真的这么凑巧？叔护说，太宰要是不信，可以去查，那艘船还在水底。

伯嚭笑了，说，我只是可惜那些向越国买盐的金子。

越国的金子说不定哪天又回到了太宰的府里。叔护说。

伯嚭有点扫兴地转身，他说，我又没说不相信你。多大的事啊，大王那边我自会替你解释。

越国粗壮的木头源源不断地送到吴国，从船上抬下后，它们被搬上一辆辆的马车。马车将木头运到灵岩山下，等候在那里的民工又将它们一棵一棵地扛运上山。山上有随同第一批木头一道前来的越国工匠，他们按照每一棵木头的尺寸和弯直度，设定它们应该在今后的馆娃宫里所待的位置，然后就蹲下身子，操起手里的曲尺和墨斗以及铁刨等工具，开始了各自的忙碌。曲尺和墨斗也是鲁国的公输班发明的。

那天洛襄在一排刚刚装运上木头的马车前停下，望着那些木头和清香的木屑，她凝神了很久，感觉闻到一股越国山林的味道。甘纪就是在这时骑着一匹马经过，看见洛襄时，他从马背上滑了下来。甘纪说，你的家乡是不是也在越国？你原本是要和西施一起进宫的。洛襄回头，看见甘纪的眼里并没有敌意，他还是那样一个清水一样的男子，带着梨花一般浅浅的笑。洛襄把一把剑钉在了甘纪的脚前，她说我来吴国是想找到这个剑匠。甘纪轻轻地拔出那把剑，对着剑柄上的那个鲍字仔细看了看，然后他笑了。甘纪说，我可以帮你找到他。

你为什么要帮我？洛襄说。

不为什么，从见到你的那一天起，我就想要帮你。甘纪双手托着那把剑，将它送到了洛襄的手里。

这天夜里，夫差搂着西施的腰上了一趟灵岩山，他忍不住想要多看一眼馆娃宫的建设现场。月色下，西施聆听着夫差一句一句地说起馆娃宫建成后的模样，感觉身边那些越国工匠的目光也一次一次地落在了自己身上。所以她后来不由自主地引着夫差，有点羞涩地走向了一个目光很少的角落。她并且提醒夫差，那个人工湖前的水榭，应该在四周装有木栏，这样人就可以靠在木栏上歇息，或者趴在木栏上看水中晃来晃去的月亮。夫差满意地笑了，他说那这木栏就叫美人靠，以后吴国所有的水榭都要安装美人靠。夫差还说，我想象中的馆娃宫既要有宫中的庄严和气派，又要有富家庭院的舒适和惬意。五步一树，十步见水，曲径通幽处，又豁然见到太湖石的假山，我想它应该是叫园林。

也是在这一天，和西施下山的路上，夫差听见两个越国工匠躺在一堆木头上窃窃私语。他们在说的，是坐船来吴国的途中，一艘船沉了。但那船其实并不是触礁，它是被人凿穿的。船上也没有多少盐，更多的是沙子。

夫差回到宫中，即刻让人叫来了伍子胥。

伍子胥是个说一不二的人，从夫差那里接手彻查盐船沉船事件的指令后，他马上想到了最近已经回到吴国的田充。田充起初有点吞吞吐吐，伍子胥于是拍案而起，他说你不要顾虑对方的身份，有事瞒着不向我禀报，我即刻就可以斩了你。田充只得告诉伍子胥，其实叔护在越国的行踪都被他看在眼里。田充说叔护去了越国的赌馆，输了好多金子，他买不起那么多的盐，于是在路上派人将盐船给凿穿了。伍子胥说，田充你要为你刚才的话负责。田充想了想，最后站定身子说，将军，这些都是我亲眼所见。

叔护第二天清晨还没睡醒时，就被伍子胥派来的亲兵从床上给揪起。叔护揉了揉眼睛，看见伍子胥正站立在自己的床沿。伍子胥说，对不起，看来我已经帮不上你。刚才的一路上，我都在替你害羞。

一身捆绑的叔护被送到了夫差跟前，他语无伦次，身子抖得像一只淋湿在风雨中的公鸡。总之他说，船上是有盐的，所有的人都可以做证。伍子胥并不顾及叔护和夫差之间的翁婿关系，他说，实话告诉你，我已经查过了，你带去越国采购的随从，回来时少了两个人，他们这是去了哪里？叔护昂着头故作惊讶，支支吾吾地吐不出半句言语。

夫差沮丧地靠在椅子上，他后来问伍子胥，大将军，你觉得此事该怎么处理？

伍子胥抱拳，声音凛然。说，按律，斩！

那天芸妃把脚上的一双鞋也给跑丢了，到达刑场时，她看见张开大口的铡刀咔嚓一声落了下来。芸妃恍恍惚惚地看见，父亲的人头在铡刀架子上愣了一下，然后很干脆地滚落出去。父亲的人头落定，他依旧睁着一双眼，十分困惑地望向吴国豪迈的天空。吴国此时的天空，秋高气爽，鸟语花香。

芸妃在满眼的血光中倒了下去，是伯嚭伸手将她勉强撑扶住。伯嚭声音细细地说，伍将军这个人，心太狠了。多大的事啊，你说这是何必呢？

拾肆

伍子胥那天监斩了叔护后，回到府中慢慢平复起心情。他能够料到，叔护此番去赌馆，其实完全是被范蠡下了套。此时，范蠡或许在越国的哪间屋子里暗自发笑。伍子胥觉得范蠡的手段太高明了，不仅骗了叔护的金子，还借吴国的铡刀斩了叔护。这么一来，芸妃的下场也就岌岌可危了。那么，已经得宠的西施就等于少了一个对手。伍子胥越想越可怕，最终他又突然想到了田充。想到田充的吞吞吐吐时，伍子胥猛地从椅子上站了起来，他随即就叫来了阿布。

阿布听完伍子胥的指令，提起长刀，带着他刀营的一群弟兄冲了出去。

田充正在一家酒肆里，他在和他路营的一帮弟兄喝酒。看到提刀走进酒肆的阿布时，田充觉得有什么事情要发生了，他想起了阵亡的父亲以及落水的母亲，那年母亲的尸首一直没有找到。田充在酒桌上站起，端着一杯酒对阿布说，弟弟，你怎么来了？坐下来一起喝一壶，咱们今夜一醉方休。

阿布将长刀放在酒桌上，说，将军让我来问你，路营的十八名弟兄，这里怎么只有十七名？我记得还有一个是琳琅。

你知道的，琳琅和我一起去了越国，他这次没有回来。

但是琳琅每次都和你一起回来。按照路营的规矩，他不能单独留在越国，你们要相互保护和监督。

田充说，弟弟你听我解释。

将军说，你可以向我的刀解释。将军他还有一点不够明白，你说你是亲眼所见叔护让人凿穿了盐船，难道你也是在那天的船上吗？你又怎么会在那天的船上？将军说了，好像你的眼睛就长在叔护的后脑勺上，你能猜到叔护从头到尾会做哪些事。那么，你又是怎么猜到的？

阿布说完，低头抽出了那把长刀。他对着刀子说，哥，我现在不得不杀了你。你先走一步，替我向父亲和母亲问好，告诉他们，我错了。

那天的酒肆里，路营和刀营的弟兄突然就拔刀相见。刀营围着路营，路营护着田充。路营觉得刀营太过无礼，他们誓死也要给营长田充杀出一条血路，让他赶紧逃出去。刀营觉得这只是田充一个人的事，家法处置，其他人该让开。刀营的刀砍了下去，路营的剑迎了上来。刀营和路营的血在夜色中一起喷洒出去，好像在秋天里打翻了一壶刚刚温烫过的酒。

这个秋天的夜十分漫长，田充正要提起身子翻跃出去时，阿布的刀背赶到了，砸在他的后腰上。田充跌倒在地上，支着腰，看见弟弟的刀口翻卷了下来，正好架在他的脖子上，有点凉。田充说，你让我回去，再见一眼你的嫂子，她的肚里已经有了孩子。

可惜那不是吴国的孩子。阿布说完，锋利的刀口就在田充的脖子上抹了过去。血即刻喷了出来，像一把突然打开的扇。田充看着那些滚烫的血，想起就在刚才，他还想请弟弟坐下，两人共同喝一壶酒，他们已经很久没在一起喝酒了。田充的嘴里冒着腥甜的血泡，他对阿布说，你有没有想过，我们都被范蠡设计了，越国再也不会有路营的身影，你的刀营也损失了不少。阿布蹲下，伸手盖上哥哥的眼，他想的是，究竟是什么原因让他们自相残杀?

田充的眼一直没有合上，他或许是想穿透眼前的这个酒肆，穿透漫长的吴国边界，继而穿透越国，穿透进会稽城一片枝繁叶茂的桑地里。

田充是在某个夏季的日子里遇见了一名越国的女子，那个日子里，碧绿的桑叶在他头顶遮天盖地。但田充看见的女子却不是在摘桑叶，她那时正蹲在桑树下，采集地上长出的一片片紫色的叶子。田充记得桑树的遮荫下，那排迎风摇摆的紫色叶子散发着沁人心脾的芳香。女子背对着他，裙幅被风吹起，和娇弱的叶子一起摇摆，而她玲珑修长的腰身则显示出动人的姿态。田充很想过去看一眼女子的脸，所以他在桑叶细碎的光影里声音恬静地说，你这是在采集什么？

女子转头，田充觉得她的一张脸也是淡淡的遥远的紫色，看不出有半点的哀愁。女子说，这些叶子叫紫苏，烧鱼烧虾用上它，可以去腥味，也能不伤肠胃。

田充说，那你叫什么名字？

女子无邪地笑了，她看着那排喜悦的紫苏，说，我的名字和它们一样，也叫紫苏。

田充爱上紫苏的时候，他已经和琳琅一起，在越国潜伏了三年。三年时间里，他都和琳琅在越国的集市里伪装成卖药材的商人。

但是文种那天和范蠡说，我们身边有奸细，掘地三尺也要赶紧找到他时，田充和琳琅的命运就开始悄悄转弯了。范蠡和木心走遍了会稽城的每一个角落，他们是在街坊邻里和善于言谈的百姓中很随意地找人聊天，然后在适当的时候像是不经意地问起，隔壁有没有这样的租客，他可能从小不是长在越国，只是在越国的都城从诸暨迁到会稽后才来这里住下，但他也不是经常住在这里，或许每隔一段时间就会关门出去一阵子。

范蠡通过这样的迂回，第一次见到田充的背影时，就什么都明白了。他想起自己潜伏在吴国时，曾经在姑苏城南市的街道上看见过有着这样一个背影的男子。那时，男子的手里牵着一匹马，和他一同步行的人则提着一把刀。那正是田充刚刚回到吴国，又受伍子胥之命要去齐国见鲍缺而向阿布借马的那天。范蠡怎么也不会忘记提刀的阿布，他记得自己第一次去苎萝村找西施的时候，就是这个男子带了一帮吴国的杀手想要灭西施的口。很明显，这个当初牵马的男子就是伍子胥的奸细。

木心盯上了田充，他每天早出晚归时，都在跟踪着田充。但田充和琳琅全然不觉，就像他们全然不觉，自己的命运正在暗地里悄然无声地拐弯。命运那时已经开始在背叛他。

田充有一天和琳琅一起去见紫苏，紫苏已经怀上了田充的孩子。琳琅给将要出生的孩子带去一件礼物，是一块透亮的玉佩，虎头形的。琳琅觉得营长田充的第一个孩子肯定是儿子，他又觉得营长就像自己的兄长，他始终关爱着路营的每一个手下。琳琅对田充说，在你眼里，我们都是阿布。田充笑笑，说，可是有一点不一样，阿布他不怎么喜欢说话。

那天的桑树叶也打下细碎的光影，漂浮在田充幸福如水的眼里。田充看见紫苏还是背对着他，因为在摘紫苏叶子，所以她有孕在身而略显臃肿的背影有点晃动。琳琅捧着那个装有玉佩的匣子，他往前走了几步，田充便听见身后响起一些窸窣的声音，并且他看见桑树叶下亮起一片一闪而过的反光。田充即刻说，琳琅你停下，不要回头。紫苏就是在这时挣扎着回头，事实上，她的一双手是被绑着。她猛地挣脱开扎在嘴上的布条，眼里满是恐惧地喊了一声，田充，快跑！

但是田充和琳琅都不想跑，他们迅速抽出佩剑，两人背对背站定时，看见四周已经布满了密密麻麻的刀光，刀光将桑树叶子映成了一片灿烂的银色。木心从刀光丛中走了出来，说，我们已经等候你多时，把剑扔了吧。琳琅此时只是扔下了玉佩的匣子，他举起剑冲向木心时叫了一声，大哥你快跑，这里有我。田充盯着木心的眼，说，我为什么要跑。琳琅很快就被三把剑同时刺中，其中一把剑的剑口扎进了他的喉咙。他最后看了一眼掉在泥地上的玉佩，觉得这是一片十面埋伏的桑地。

田充后来被木心捆绑着送到了越宫，在那里，等候他的是越后幽羊。幽羊说，我只有一个条件，就是今后你替越国做事。田充将头扭了过去，什么也没说。紫苏即刻跪下，因为怀有身孕，她是两个膝盖分开来跪下的，然后膝盖贴地一步一抖地跪走向越后说，王后你看，我肚里有将要出生的孩子，咱们不是鼓励生育吗？越后看都没看她，笑着说，可惜你肚里的不是越国的孩子。

田充这时说，别指望我会答应你。

越后就指着紫苏说，如果我说剥开她的衣裳，剖开她的肚皮，那你会答应吗？

你真卑鄙。田充挣扎着说。

比我更卑鄙的是伍子胥。越后又上前一步，死死地盯着田充说，请你看清楚，你脚下的每一寸土地都是越国的。娶了越国的女子，却在内心里想要掏空越国，你也别指望我会答应。

越后后来对田充说，你这就可以回去吴国，直到伍子胥有一天问你了你再告诉他，叔护输光了买盐的金子，为了遮人耳目，他在路上凿穿了盐船。

紫苏久久地看着田充，她之前并不知道自己的男人是吴国的奸细。但到了现在，她觉得自己依然离不开田充。因为田充最后问了一句，越后，那紫苏怎么办？

越后扶起紫苏，对田充说，等你回来，你已经是这个孩子的父亲。越国会为他庆生。

田充看着紫苏，看见她流下两行泪。他后来在越后的旨意下装扮成越国的工匠，和叔护的船队一起回去了吴国。路上，他果真看到盐船沉了下去，他想，叔护真不是个好东西。

事实上，田充还有一点不知道，馆娃宫里那两个窃窃私语的越国工匠，其实也是范蠡安排的。西施按照范蠡的指示，和夫差一起下山时，特意在那堆木头前停了一阵子。

芸妃由于父亲的沉船事件受牵连而被打入冷宫的那天，伍子胥也因为彻夜站在深秋的院子中，最后被一场寒凉的露水击倒。他在床上抱紧了两床被子还觉得彻骨的寒冷，更为关键的，是他没有想到，路营和刀营的阵容，已经在那场自相残杀中折损了不少。

西施曾经为芸妃求情，她希望夫差能念及旧情，将芸妃继续留在宫中。夫差惊奇地问她，你这又是为何？西施说，我其实是在为自己求情，我想起今后或多或少会得罪伍子胥将军，那他到时候肯定不会放过我。夫差的臂膀枕在西施的头下，他叹了一口气，觉得伍子胥的确是什么都不放在眼里。但他对西施说，放心吧，你和她们不一样。

西施说，其实没有什么不一样，我比芸妃更难。

拾伍

灵岩山下的锻造间前，洛襄在甘纪的帮助下见到了鲍三春。洛襄没有想到的是，眼前的鲍三春竟然成了一个瘸子。鲍三春那年被刀营绑架后便被送到了伍子胥面前，伍子胥说，从今以后，你要为吴国铸剑。鲍三春笑了，他说，吴国连上好的铁石都难以找到，你要我怎么铸剑?

那就为我们铸铜剑，伍子胥说，我们有的是铜，总之你别再想回去越国。

鲍三春那次在锻打剑体的时候，一堆炉火突然倒下，滚落在他的腿上，即刻就嗞嗞作响地冒起一阵青烟，鲍三春看见了自己皮肉烧化以后露出的骨头。鲍三春由此成了一个瘸子，从此他知道，越国这回是真的不用回去了，因为他就像疯子一般，再也不想用这样的一副残缺的样貌去见到郑旦。

洛襄这天走近鲍三春，鲍三春却惊吓地退后几步。他扶着那条瘸腿，睁大了眼睛说，你是谁？不要再靠近我。

鲍三春的脸盖满油腻的污垢，身上也散发着汗水的恶臭。他的头发夸张地蓬松着，犹如阳光下晒干的一堆稻草。由于常年对着炉火，他的眼睛也是血红和冒烟的，并且不断地流泪。

甘纪看着洛襄，说，走吧。

但洛襄说，不，我要带他回去。如果你愿意，就再帮我一次。

洛襄来吴国的另外一个任务其实就是找到鲍三春并且送他回去越国，这个特殊使命是范蠡所布置，就连西施也不知道。现在，洛襄知道越国更加需要鲍三春，因为再次来吴国的范蠡前几天告诉她，越国已经在一个叫“铸铺”的地方，找到了最优质的铁矿，那简直可以说是成片的铁母。范蠡说，在越后的催促下，铸铺里如今开辟了一个秘密的窑，叫扶窑。扶窑正以热烘烘的心情等着鲍三春回去。

营救鲍三春的计划是在一个深夜里展开。那天，甘纪暗中打开了锻造间厚重的铜门，他让洛襄扶着鲍三春一瘸一拐地上了一辆马车。洛襄眼看着那辆马车走远，觉得被它带走的不仅仅是疯子一样的鲍三春，似乎还有一段过去的岁月，那岁月隐隐升腾着若耶溪迷蒙的水雾。洛襄又看着上马走远的甘纪，事实证明，这个心思如清水一般的男子，现在是和头顶的月光一样明净。

但是载着鲍三春的马车在跑出洛襄的视线后没多久，就被伍子胥的手下拦住，伍子胥一直对锻造间的四周严密监管。

为了这次营救，范蠡从越国召来了施夷青。施夷青已经是越国军营中少年团的领袖，他这天就坐在车夫的背后，脚下踩着一把沉重的砍刀。马车被拦下时，面对上前巡查的兵勇，施夷青突然打了一个喷嚏，将口水喷在了兵勇的脸上。兵勇瞬间就很不高兴，他低头正要擦去施夷青的口水时，施夷青提起的刀子已经将他的脖子给砍断。施夷青提起那个耷拉在脖子上还未完全掉下的人头，对着身后几个少年团的成员哈哈大笑，他说，你们看到没有，这是我第一次杀死一个吴国人，简直不费吹灰之力。

那天的混战里，施夷青一直护着鲍三春，虽然他已经被吴国的乱刀砍成了一个血人。但是施夷青看见自己的血反而更加兴奋，他干脆扒了衣裳，在月光下露出后背那片闪电经过时留下的黑色电纹。离开越国前，越后幽羊曾经亲自召见了他，幽羊说，施夷青你记住了，你身上系着的，是整个越国的安危。你可以死，但鲍三春必须活着回来。

可是施夷青那天最终丢下鲍三春，随后驾着马车横冲直撞地逃离。洛襄赶到现场时，看到的是地上一片零碎的鲍三春。鲍三春的尸首四分五裂，只有左手上的一粒红痣仍然是那样的鲜艳。

洛襄后来看着支离破碎的鲍三春很久，她没有说一句话，却在甘纪面前哭得晕了过去。

事实上，地上那具零碎的尸首并不是鲍三春，真正的鲍三春已经被施夷青推上了混战时赶到的另外一辆马车里。那天在吴越两国的边境，一片镜面一样平静的湖边，白发布商范蠡走下马车，他看见了在这里等候多时的施夷青，施夷青正在吸吮伤口上的一股血，那里的皮肉已经像翻转的嘴唇一样绽开。范蠡让鲍三春重新回到了施夷青的车里，然后他望着赶车的施夷青在夜色里远去，随同他远去的还有后背上那块根系一样的电纹。此时，范蠡仿佛听到了铸铺里叮叮当当的敲击声以及剑气开始嘶鸣的声音，所以他捋了捋被风吹乱的白发，不由自主地笑了一下。而更加令他喜不胜收的，是已经长成一把寒光凛然的宝剑一般的施夷青。

前往越国的马车上，鲍三春从施夷青的嘴里得知铸铺以及扶窑的消息时，两只不断流泪的眼即刻就闪出了光芒，他实在是太喜欢铁了。之前在吴国的鲍三春，其实只是装疯卖傻，因为他不想给伍子胥铸剑。想起伍子胥那张狂妄的脸，他就不免觉得恶心。然后眼看着马蹄已经踩踏上越国的土地，鲍三春又不免安静得像一块躺在地上的铁。他想郑旦若看见自己的尸首时定会哭晕了过去，觉得如果不在扶窑里炼出最好的铁，然后又铸出最锋利的剑，那就实在对不住这个深情的女子。

鲍三春回到越国后即刻就将自己打理干净。除了那条瘸腿，他看见铜镜中的自己和之前的鲍三春相比，只是看上去苍老了一点儿。越后喜悦地说，那有什么关系，你看我现在不也是年老色衰吗？但是，铁是越打越硬的。

鲍三春第二天就去了铸铺，看到那些熟悉的炭炉和器具，他兴奋得如同一堆灼热的火，挽起袖子即刻就要投入到炼剑中。但越后却将他拦住，越后说，我想让你先打造一批铁锹，我们现在需要无比锋利的铁锹头，越多越好，越快越好。

鲍三春说，那就打造三角状的铁锹头吧。

拾陆

馆娃宫的建设已经过半时，西施向夫差提出，可以在王宫中也新建一个漂亮的园林。西施将她想象中的那片园林说得栩栩如生美不胜收，夫差听得入了迷，当场就拍板同意了。夫差说，那就建吧，王宫里也应该有你的响屐舞，哪怕你只是踩着铃铛，在那片园林里随意地走一走。

得知消息的当天，洛襄就去了南市的绸布店，她在范蠡的眼前展开了一张宫中地界的羊皮图。范蠡的手指在地图上来来回回走了一遭，最后他将目光停留在那片空旷的骑射场上，他对洛襄说，告诉西施，新的园林就建在这里。洛襄看着那片空地，心中突然不免想起了甘纪，她记得自己在宫中第一次见到甘纪，也就是在那片杂草丛生的骑射场上。那时候，风胡乱地吹着，吹乱了甘纪和洛襄的视线。

几天后，西施策马奔腾在那片广阔的骑射场上，她胯下骑着昂扬的昆仑。昆仑抬起头，双目炯炯有神，它在风中驮着西施，马鬃飞扬，马蹄欢畅。夫差坐在另一匹马上，他就那样远远地看着西施，双眼眯成一条线，看见此时马背上的西施是一只自由的鸟。这时候，一只黑色的鹰从空中掠过，切割了头顶的一片云。西施盯着它，并没有让昆仑减速，她在抖动的马背上不慌不忙地搭弓，箭羽飞出时，直接射向了老鹰的喉咙。老鹰看见了那支箭，它慌张地犹豫了一阵，还没有来得及惨叫一声，就笔直掉落在了夫差的跟前。

夫差看见自己的马腿前扬起一片灰尘，那是刚刚坠落下来的老鹰。飞扬的灰尘被风收起，夫差顿时感觉，这个清爽的秋天特别的干净利落。

西施让昆仑停下，昆仑欢快地叫了一声。在昆仑一步步踢踏行走的马背上，西施望着深扎进老鹰喉咙的那支箭，对夫差说，就是它，那一年差点要了兔子子归的命。夫差笑了，他忍不住看着西施胯下的昆仑，没想到昆仑现在会是如此的乖顺，他那时真想跟西施换一匹马。

那天，西施又想起了子山，她对夫差说，子山是在山野间荡来荡去的一只猿，它现在或许已经老了。在夫差羡慕又向往的目光里，西施渐渐地安静下来。她后来恍惚看见一个目光坚毅的男子，男子将脱下的衣裳胡乱地扎在腰间，他举着两把柴刀，正用它砍去眼前那些挡路的藤条。然后在一处更加幽深茂密的山林里，男子的柴刀挥了出去，溅出的血光中，他砍断了一条树枝那么粗的毒蛇。他捧起那条没有蛇头的断蛇，仰头直接喝下了喷洒出的蛇血。也就是在男子仰头的那一刻，西施终于看清，原来那是自己的弟弟施夷青，施夷青已经长成一个堂堂的男子。

骑射场上，风吹得更加猛烈。风好像是吹自越国，西施差点就掉出了两行泪。她后来望着视线中的那片疾风劲草，毫不犹豫地对夫差说，我就喜欢这里！以后要建成的园林，我希望它是叫若耶宫！

夫差此时看见，骑射场头顶的风突然停了下来，它们像是停在了西施的脚下。

但是一年四季刮风的骑射场是注定不能安宁的。建造若耶宫的消息在朝堂内外传出后，颜王后那天在床榻前撕裂了一块擦手的巾布。她抬手打翻了端在侍女手里的洗手盂，汤水泼溅出的那一刻，又怒不可遏地说，简直就是猖狂！

夫差前去视察衔沟即将完工现场的当天夜里，芸妃的尸体在一间破旧的厢房里被发现。芸妃挂在房梁上，颜王后推门进去后，看见她吊在一截丝带中，在随后涌进的夜风里幽怨地晃来晃去。芸妃晃动的时候，房梁也跟随着她吱呀作响。

颜王后命人抬下芸妃。剪断那截丝带后，她即刻抓到眼前看了很久，然后才说，我记得这段丝带，它是西施的。你们是否记得，那次在欢迎齐国鲍缺将军的宴席上，那个不要脸的就是挂着这段丝带得意扬扬地漂浮在半空中。王后盯着现场每一个人的脸，又说，胆子也未免太大了，她竟然毒死芸妃，将她挂到房梁上，让人以为芸妃是在冷宫中郁郁自杀。

西施没过多久就被一群宦官推了进来，她看见阴冷的地上一片潮湿，但却不是血。西施说，王后，这事跟我没有半点关系。

王后却笑了，她说，有没有关系，上刑后自然就会知道。王后随即挥了挥手，等候已久的侍卫便不由分说地将西施捆绑起来。

正如木槿所料，芸妃的死去，从头到尾完全是王后的一手操办。王后那天将芸妃叫到跟前，说在西施的巧言令色下，夫差即将下令处死芸妃的全家。芸妃惊吓得颤抖不止，她知道如今自己的命运势同一棵草，总有人可以随意将她拔去。王后叹了一口气，满是怜悯地说，我替你想过了，既然如此，还不如自我了断，一来可以保全家人，二来我可以将致你死去的罪责全盘推到西施的身上，也算是为你报了这段冤仇。芸妃战战兢兢地站立在这个阴雨绵绵的午后，考虑了很久，她问王后，西施真的这么恶毒，大王也真的狠心杀死我全家吗？

王后端在手里的杯子晃动了一下，她从杯口处迟疑地将眼抬起，目光细密地看向芸妃，说，你想多了，哪怕西施不这样恶毒，说不定我也会向大王这么建议。总之，这事情已经定了。

芸妃的眼泪即刻掉了下来，她什么都明白了，所以也就什么都不用说了。

王后放下杯子，从身后掏出了那截丝带。芸妃怔怔地看着这一幕，从容地接过丝带后，她不禁想起那年和王后去木屋里第一次见到西施时的情景。那次王后对西施说，什么都是我的，就连你踩在脚下的泥也是我的。你最好什么也别想，想了也白想。

什么也别想，想了也白想，芸妃在心里念叨着王后的这句话，觉得这么多年，自己就像挂在王后嘴角的一个笑话。然后她咬着嘴唇，仿佛是如释重负地对王后说，姐，我听你的。

王后终于笑了，她说，这就对了。

西施被绑，洛襄第一时间找到了甘纪。洛襄说，怎么办？西施是被陷害的，她肚里已经有了大王的孩子。甘纪二话不说，骑上门口那匹快马，直接往衍沟的方向驰去。

但是夫差还是迟了一步，等他赶到关押犯人的大牢时，接受过严刑的西施已经奄奄一息，身下是一摊慢慢化开来的血。西施挣扎着想要坐起，她十分艰难地对夫差说了一句，对不起大王，孩子已经没了。

芸妃暴死的真相很快就被查清，她的血是干净的，并没有中毒。身上也没有发现被击打的痕迹，所以直接的死因就是窒息。召进宫来的令史告诉夫差，芸妃僵硬的舌头原本是吐在外面，但后来被人强行给塞了回去，所以舌头上反而有被挤推的伤痕。可是令史又无法解释，既然按他的推理，芸妃是上吊自杀，那现场为何却没有发现登高的器具？

这天的后来，洛襄提醒令史，现场曾发现有一摊水。洛襄说，芸妃会不会是踩着一块冰上吊的？但是等众人赶到时，冰已经融化了。

夫差盯着令史的脸，说，去内侍监问一问，那里的冰鉴有没有少了。

洛襄陪着令史从内侍监回来时，令史看着自己的脚下，忐忐忑忑地说，冰鉴曾经少了一个，是王后的侍女借走的。归还的时候，里面的冰块已经没了。

夫差回头，立刻对伯嚭说，传我的令，把王后给绑了。

伯嚭摇摇晃晃地不敢离去，他觉得很多事情一下子变得很乱，然后支支吾吾的什么也没说清。夫差于是对他吼了一声，快去！

伯嚭推开门，看见这个季节的两片叶子在他眼前掉落下来。一路上，伯嚭紧赶慢赶，不停地抬起袖子擦汗，令他感觉奇怪的是，这个原本已经透凉的秋夜，怎么会突然之间这么炎热。然后他又发现，自己刚才竟然走错了方向。

王后被废的消息当晚传到了伍子胥的耳里，伍子胥第二天就去夫差面前百般阻拦，但他阻拦的不是废后，而是对若耶宫的建造。伍子胥觉得，这样的情势下，再去无谓地提及王后和西施已经没有意义。他把什么话都给说尽了，意思无非是，骑射场乃宫中不可或缺的要地，大王放弃每日必思进取的武训，却要将强弓劲弩的场所改建成一片软绵绵的莺歌燕舞之地，这等于是颓废斗志，松垮了图霸之心。

夫差当即把伍子胥的话给挡了回去。他说大将军，我正要跟你说说图霸的事情，衎沟不日之内即可完工，你的那些钩拒也不需要再送去太湖，和甘纪一起，带着你的水师，直接去衎沟练兵吧。

夫差的意思很明白，吴国欲图称霸，应该剑指更为广阔的北方和中原。

伍子胥惊愕地望着夫差，他之前一直这样劝诫：吴有越，腹心之疾；齐于吴，疥疭也。但事实证明，夫差他什么也没听进去。而夫差现在说的却是，将军不要犹豫了，去衎沟吧，让我在那里听见战鼓雷鸣，士兵呐喊的声音。

伍子胥的心情和这个秋天里残缺的落叶一般低沉，他也想呐喊一次。但在回去的路上，伍子胥便知道，作为一个先王托孤的大将，自己什么也改变不了。因为他看见，从灵岩山上馆娃宫建设现场撤下来的一批越国工匠，此时已经浩浩荡荡地进驻了骑射场。伍子胥茫然地看着骑射场上刮来刮去的风，风将他的长发吹得一片凌乱，他原本以为自己会火冒三丈，但到了后来，闻听那些践踏着骑射场的工匠面对场地指指点点的声音，他竟然哈哈笑了两声，然后在自己百思不得其解的笑声中拂袖而去。

齐国的鲍缺将军再次来到吴国，是因为太后的八十大寿。那次，鲍缺给夫差的母亲送来了一颗硕大的夜明珠。鲍缺先是去了伍子胥的府上，他托着那颗夜明珠在伍极的眼前晃来晃去。因为是在白天，伍极觉得夜明珠也没有什么值得夸耀的。但鲍缺后来弓着身子，牵着伍极的手躲到了一张高脚床的床底，等到他再次将手掌松开时，夜明珠在黑暗中绽放出的光芒便将伍极眼前的世界照耀成一通无比闪亮的碧绿。伍极特别惊奇，忍不住哇地叫了一声。

夜明珠据说是在齐国烟雨朦胧的蓬莱岛礁上生成的，伍极后来思考了很久，终于捧出那颗心爱的海螺号对鲍缺说，这样吧，将军，我跟你换。

鲍缺惊讶地看着伍子胥，扑哧一声笑了。

伍子胥一把夺过伍极手中的海螺，将它扔到了一边。他气汹汹地说，你真让我伤心，怎么就和伯聪一样傻。看来吴国真的没有多少希望。

庆贺太后寿辰的酒席就安排在这天夜里。此前，太后抚摸着鲍缺呈上的夜明珠喜不胜收，但她最后却让人将夜明珠镶嵌在了夫差的王冠上。太后对夫差说，今晚来了那么多的各国使者，闪亮的应该是你。

那天的酒席上，夫差和各国的使者侃侃而谈地说起了衎沟。他命人取来衎沟建设的羊皮图纸，展开后说，这条水系的建成，必将为沿途各地的通商带来极大的便利，而吴国和北方各国的交往从此也将更为紧密。

夫差意兴饱满地与人交谈甚欢时，西施在祝寿的人群中见到了范蠡。但范蠡此时却像是一个陌生的男子，他全然没有觉察到西施流连的目光。西施只是看见，范蠡走到鲍缺的身前，目光闪烁地和他耳语了几句。

那天洛襄也在现场，她记得酒过三巡后，席中有人提议见识一下齐国送来的夜明珠，夫差于是爽快地答应了。全场的灯火被灭了下去，夫差接过王冠将它戴上时，那样灿烂的碧绿，便在黑暗中闪耀得一览无余。

可是就在一片交口称赞中，从殿外射进的一支箭却划破黑暗，笔直飞向了夫差的王冠。夫差一个闪躲，抱住西施，身子猛地俯冲了下去。西施听见夫差急急的喘息声，夫差说，躺着不要动。

一片混乱中，甘纪第一个拔出剑。他紧紧地护卫在洛襄身前，并且昂然叫出一声，抓刺客！

灯火重新被点亮时，所有跌撞在一起的宾客都被吓出一身冷汗。夫差后来发现，桌榻上的那张衔沟羊皮图纸已经被人卷走，但他并没有声张，只是对西施笑了笑，说，虚惊一场。

这天的酒席不欢而散。夜里，甘纪前来向夫差禀报，追踪刺客的队伍一直赶到了东门外的一条小巷里，但目标最终却消失了。甘纪并且说，那条小巷里有一间客栈，住的是齐国的使团。夫差闭上眼睛，想了想，说，此事不用声张。

夫差后来在床榻上将夜明珠送给了惊魂未定的西施，他紧紧地抱着西施说，一切都过去了，什么也不用再想。西施贴着夫差的身子，很长时间里都难以入眠。事实上，西施想的是，那支箭肯定和范蠡脱不了干系，而她那时就站在夫差的身边，一旦黑暗中的弓箭手有什么闪失，那支箭很有可能就会落在自己的头上。

西施捧着价值连城的夜明珠，又聆听着夫差微微的鼾声，却始终睁眼看着漆黑的眼前。想起夫差那时舍了性命般地猛地将自已推倒，而镇定自若的范蠡却是远远地置身事外，西施开始觉得，记忆中的范蠡的那张脸，在这个一片嘈杂又险象环生的暗夜里，竟然渐渐变得模糊了起来。

齐国使团即将离开吴国的那天，鲍缺怂恿伍极跟他再去一趟齐国。伍极满眼期盼地看着伍子胥，又不停地给父亲梳头。伍子胥最终答应了。事实上，伍子胥那时想的是，吴国这几年一系列的松弛，早已让越国复苏的军队开始虎视眈眈。吴越两国再一次的战火，已经烧在了路上。

若耶宫的开工典礼是在一个霞光万丈的黄昏。在洛襄的建议下，西施派人去南市的街铺上给工匠们买下了好多犒劳的酒。酒装在一个个巨大的木桶里，搬上马车后洋洋洒洒地运去了骑射场。骑射场上已经搭起成片的木棚，那是工匠们的起居场所。木棚外点起了一丛丛的篝火，西施在抖动的篝火间看见，那些故乡的工匠打开酒桶，舀起一瓢一瓢淡红色的酒液，直接倒进了嘴里。而没过多久，这些不胜酒力的工匠就在美酒的芳香中醉眼迷离了。

但是西施不会想到，就在她和木槿离开后的不久，那些瘫睡在地上的工匠便一个个精神抖擞地站起，他们来不及拍去身上的尘土，直接将那几个酒桶搬进了木棚里。事实上，这些酒桶都是有隔层的，将酒倒出后，拆去中间的隔板，一排排的铁锹就在工匠们的眼里呈现了出来。做工精良的铁锹是鲍三春他们在铸铺里昼夜不息地打造的，越后那天对鲍三春说，实话告诉你，我们要在吴宫里挖地道，很长的地道，一直延伸到宫外的地道。

鲍三春说，宫外是在哪里？

越后却并没有回答，只是笑着说，赶紧开始吧。

洛襄是在这天的半夜孤身来到了骑射场，她看见那些篝火依旧熊熊地燃烧着，而木柴的噼啪炸响中，却隐隐传来铁锹头穿透泥土层的声音。洛襄是知道范蠡的这个计谋的，只是她将此消息对西施做了隐瞒。范蠡那天对洛襄说，近来西施传出的木鹊有所减少，她竟然连衔沟完工的消息也给漏了。范蠡说，我有点替西施担心。

洛襄一直凝望着风中吐舌的篝火，有一阵子，她仿佛觉得踩在脚底的泥土层正变得越来越薄。她想，打造这批铁锹的鲍三春已经回去，既然如此，自己还在吴国等什么呢？难道是等候一场势必燃起的战火吗？但是没有范蠡的指示，洛襄又必须留在吴国。洛襄后来想，其实自己也未必是真想回去，因为不可否认，她现在已经每天都想要看到甘纪。洛襄突然觉得，如今真正回不去越国的，反而是她自己了。

拾柒

伍子胥并没有心思在衔沟练兵，他似乎明白一个道理，北方各国难以跨越长江，南方各国也不能轻易逼近黄河。伍子胥对流传至今的一百多年前的城濮之战记忆犹新，那次楚国欲要争夺中原霸权，北上与晋国发生首次大战。晋文公兑现了当年流亡楚国时许下的“退避三舍”的诺言，令晋军后退，但是子玉将军率领的楚国军队最终还是大败。此后，楚国便有很长时间不敢再犯兵中原。

伍子胥这天在操练的战船上听赶来传信的阿布说起，宫中最近有传言，太后寿辰上的暗箭是来自齐国的刺客，给刺客下达命令的就是鲍缺。而鲍缺后来带着刺客躲进了伍子胥的府上，如此看来，伍子胥有谋反的嫌疑。伍子胥问阿布，传言的源头是在哪里？是谁这么大胆地妖言惑众？阿布说，是伯嚭。

伍子胥于是扔下手中的令旗，在战船上猛跺了一下脚对甘纪说，不练了。他随即夺过阿布手中的马鞭，奔下船跃上阿布的快马，带上阿布的几个随从，直接朝着姑苏城赶去。阿布现在兼任着刀营和路营两个营的营长，一时之间十分忙碌。但在旁人的眼里，阿布只不过是伍子胥的一个家丁。

甘纪追赶着伍子胥回到王城时已是深夜，宫城的大门已经闭合。伍子胥跨在马上，对着城门一阵喊叫，他要守城官即刻开门。那天守城官被人叫去喝夜酒，因为按常理，不是特殊情况，城门在深夜里不许轻易打开。伍子胥叫喊了很多声，城门上的几个小兵勇说什么也不敢开门。伍子胥于是彻底被激怒了，他对甘纪和阿布说，到处都是饭桶，听我的，轰城门。甘纪欲要上前阻拦时，伍子胥一把就将他推了出去。伍子胥说，你也是个没用的东西。眼睛一天到晚落在女人的身上。

伍子胥让阿布和随从搬来一截粗壮的木头，然后几个人共同抱起木头，直接撞向了姑苏城的北大门。

轰然而响的撞门声最终引来了守城官，守城官跌跌撞撞地赶到，慌张打开城门时，那截木头便洪水一般笔直冲向他的肩膀。守城官当即被撞倒在地，弓着腰身正要站起时，伍子胥举起的马鞭一把就抽在了他的脸上。守城官抬头，看见这个夜晚的月亮全都是红色的，他随即就在嘴角里尝到了自己腥甜的血。守城官趴在地上，任凭伍子胥清脆的马鞭一记一记落下，扬起他身上一片一片的碎衣裳，他隐隐感觉到，这天或许就是自己的死期。守城官听说过吴国大将军伍子胥的狠，还是在先王阖闾时期，伍子胥跟随吴国的军队攻破楚国的城门时，他愤怒地掘开楚平王的坟墓，又挖出楚平王恶臭的尸体，在阳光下连续鞭尸三百下，直到楚平王成了一团浆糊糊的泥。楚平王是伍子胥的仇人，是他亲手杀了伍子胥的父亲伍奢和哥哥伍尚。

伍子胥不停鞭打守城官的时候，夜里出来玩耍的伯聪正走到城门下。伯聪上前叫住伍子胥说，伍将军，不要再打了，再打你就把他给打死了。伍子胥转身，抬腿一脚就把伯聪给踢了出去。伯聪在地上滚了两滚，站起后说，伍将军的火气可真大，这样要出大事的，火会烧到自己的。伯聪见伍子胥并不理睬他，而且地上已经淌满了守城官的血，就又说，伍将军我跟你商量个事，伍极不在家，你能把他的海螺号借我玩几天吗？等伍极回来我就还给他。

伍子胥回头骂了一句，你这个傻子，给我滚开。然后他举起马鞭就要朝伯聪挥去，但这时他的手突然被人钳住，震荡在空中的马鞭于是落在了这人的脸上。伍子胥抬头，看见的却是夫差。夫差打了多年的铁，手臂上有着令伍子胥难以想象的劲力，他抓着伍子胥的手，让挣扎的伍子胥根本无法动弹。伍子胥举着鞭子，夫差冷冷地看着伍子胥，他声音凌厉地说，够了，我的守城官并不是你的楚平王，他已经死了。你再这样闹下去，谁都无法收场。

那天甘纪感觉前所未有的震惊，他看见伍子胥手里的马鞭黯然地掉落在地。伍子胥也猛然感觉到夫差的声音异常陌生，在一阵嗡嗡作响的耳鸣声里，他听见夫差正在交代刚刚赶来的伯嚭，要伯嚭厚葬死者，重重抚恤家属。伯嚭那时搂着伯聪，他百般细腻地擦去伯聪脸上的尘土，然后扔出一句话说，我儿，跟爹回家，外面有疯子。伯聪抬头看了一眼伍子胥，捡起他的马鞭说，你不听我的话，是要惹祸的。看到没，马鞭上都是血，无缘无故的血是不吉利的。

甘纪永远无法忘记，第二天的吴宫殿堂外，是一场滂沱的大雨，大雨似乎要将整个浮在水面上的朝堂吹卷走。而这一天的朝堂上，光线昏暗的白天如同提前迈入了深夜，伍子胥与伯嚭却在这样的漆黑中争吵到了极点。空中响过一声闷雷后，一直压抑退让的伯嚭终于成了一只咆哮的狮子。伯嚭指着伍子胥，口水喷到了他脸上，伯嚭说，实话告诉你，我忍你多年了，别以为我是任你踩踏的蛤蟆。在伯嚭如此的攻势下，伍子胥竟然忘记了自己此次回都城的目的是为了掐断伯嚭的谣言，他还是斜眼看着伯嚭，声音轻蔑地说，吃软饭的东西。伯嚭说，将军倒是吃硬饭的，你有本事打一仗试试。告诉你，你这样的疯子治不了江山。

夫差后来也指责伍子胥擅离衎沟练兵现场，他说像伍子胥这样的治军，太过随意。伍子胥没有按压住怒火，他抱怨吴国现在的军队华而不实，如果就这样去征战中原，军中将士早晚会被毁了。夫差愤然站起身子，立刻将手中的杯子砸在堂前。他说伍子胥，那我就毁给你看。

甘纪的眼中经过一道闪电，当夫差下令让伍子胥交出兵权时，他看见那道闪电的光芒仿佛就打在伍子胥的头上。

时值五月，著名的艾陵之战就是在几天后打响的。那次，夫差出人意料地放弃了衎沟，他联合了鲁国的力量，先后从水路和陆路大张旗鼓地攻击齐国三军。夫差迅速拿下博城和嬴城两地，又在月底直达艾陵地以西。在艾陵地拉开的最后一场决战，夫差命胥门巢领上军，王子姑曹领下军，将军展如指挥右军，然后他亲自坐镇中军，以战争史上前所未有的诱敌、接敌以及令人惊叹的预备队战术出奇制胜。夫差率领的队伍长驱直入间，溃败的齐军首尾不能相接，十万大军纷纷成了吴国刀剑下被砍倒的一堆麦子。不仅如此，吴国还俘获了齐国将军国书以及大夫公孙夏、闾丘明、陈书、东郭书等，并获革车八百乘、甲首三千。

夫差率先在一个天光还未亮透的凌晨回国，他的头上和肩上沾满了灰蒙蒙的露水。那时，等候在城门前的伍子胥看见夫差因征战多时而疲惫不堪的样子不禁冷冷地笑了。伍子胥说，果然不出我所料，吴国就这样败了。但是天光铺开的时候，看见随后而来的军队浩浩荡荡地开进城门，在晨起的百姓三三两两的欢呼声中，伍子胥终于低下了高昂的头颅。不过就像伯聪所说的，伍子胥倒霉的命运还远不及如此。那天的后来，他竟然在齐国被俘的队伍中看到了儿子伍极的身影。伍极垂头丧气，趿拉在脚上的一双鞋子早已经走破，他虽未被捆绑，但见到父亲的那一刻，却还是哇的一声哭号出来。伍子胥后来知道，鲍缺已被展如将军砍死，展如还从鲍缺身上搜出了当初被他卷走的衔沟图。事实上，鲍缺那次怂恿伍极去齐国，就是试图以伍极为人质，制止吴国可能要采取的攻齐行动。但是鲍缺没有想到，伍子胥那时已经被剥夺了兵权。

展如这天去朝堂上将衔沟图交给夫差时，夫差还未及洗脸。接到羊皮图时，满脸尘土的他安静得如同一把睡卧在鞘中的剑。很久以后，夫差才说，果然不出我所料，伍子胥一直以来都是引狼入室，他把儿子伍极的后路都给想好了，却差点误了我的大事。

伯嚭适时走到夫差跟前，声音响亮地说，我也终于想清了，伍子胥他为何不愿意去衔沟练兵，原来他这是和鲍缺内外勾结，意图叛国。

西施那时已经站在殿堂外，闻听夫差回国的消息，她是骑着昆仑疾奔过来，急于想要见夫差一眼。看着满脸倦容的夫差，西施奇怪自己竟然有点心疼。然后她眼看着伯嚭一步步将睡意沉沉的夫差推向极点，觉得再火上浇油地说些什么已经没有必要。而她此时又听见伯嚭提起了伍子胥暗自培植的刀营和路营。伯嚭说在一家酒肆里，这两支隐瞒了大王的秘密队伍竟然自相残杀，血流成河。

夫差从堂前走到长廊上，在渐渐清晰的晨光中远远地看了西施一眼，然后他问伯嚭，既然如此，伍子胥该如何法办？

伯嚭即刻上前，毫不迟疑地说了一句：按律，斩！

传令官和伯嚭的两匹快马在西施黯淡的眼里冲出宫城，他们直奔伍子胥的府上而去。伍子胥这时正要给伍极清洗脚上的伤口，但伍极却牵着父亲的手，说，爹，让我给你洗一次头。等洗完了头，我再给你梳理一次长发。伍子胥恍恍惚惚地在那盆刚刚打上的井水前低下头去，长发落下的时候，看着井水中自己一张晃来晃去的脸，他几乎可以猜到，夫差这天会将他处死。但是伍子胥依旧有条不紊地让伍极清洗着自己的长发，一直等到他听见门外响起两匹快马疾驰而来的马蹄声。这时，伍极最后一次舀起一瓢清凉的井水在父亲的头上冲下。伍子胥感觉彻骨的冰凉，却听见伍极突然恐惧地叫了一声，爹，这是怎么了，你的头发一瞬之间全白了。

伍子胥摇摇晃晃地睁开眼睛，果然见到井水中映照出的自己垂着一头惨白的长发，比死鱼眼睛还要惨白的长发。伍子胥于是黯然地说，孩儿，是天光白了。

伯嚭是骑在马背上踩进伍子胥的府中的，见到伍子胥的那一刻，对方满头长发的发梢正一滴一滴地掉落着井水。伯嚭擦了擦眼睛，异常惊恐地说，姓伍的，你这头发是黑还是白？

无所谓黑，也无所谓白。伍子胥说，就像太宰认为的，这世间本来就没有什么黑白之分。

伍将军你这是在取笑我。伯嚭嘿嘿笑了两声，说，一个垂死之人，还在念叨着黑与白，这真是一场天大的笑话。

传令官将夫差赐死的竹简展开时，伯嚭骑在马背上慢条斯理地说，伍子胥，把你的耳朵给掏掏干净了，仔细听听大王是怎么说的。伍子胥扑通一声跪了下去。

伯嚭后来将挂在马脖子上的一截白绫扔在了伍子胥的跟前，他说，姓伍的，看清楚了，这才是真正的白色，比所有你自认为的白要更加白的白色。但和我儿子伯聪说的无缘无故的血一样，它也是不吉利的颜色。

伍子胥起身走进挂着那件征衣的厢房，他将脸贴在征衣上，久久地抚摸着这件缀满了青铜片的铠甲。他从来没有觉得自己和青铜片上那些写有名字的阵亡将领贴得如此之近，以至于现在就要朝着地底下的他们奔去。伯嚭很不耐烦，他提起一把剑，直接就切断了那件征衣的挂绳。征衣哗啦啦一声掉下，在伍子胥的脚前散了一地。伍子胥慢慢地跪下，将征衣敞开来的袖子、领子、下摆以及变得有些凌乱的铜片一点一点收齐。他恳求伯嚭说，太宰，你等我一会儿，我再跟它说说话。

伯嚭举着那把剑，说，够了，别再装了，吴国不需要你这样的表演。

伯嚭在伍子胥的府上滔滔不绝的时候，在朝堂上打了一个瞌睡的夫差却猛地惊醒。他抓起西施的手，急不可待地问她，我刚才怎么了？西施说，没怎么，你只是给伍子胥送去了一段白绫。夫差挥舞着双手，慌慌张张地跑出殿堂，跑到长廊上抱住一棵柱子，上气不接下气地说，快，快去伍子胥的府上，就说我收回赐死的成命。

宫中又一个传令官慌不择路地跑到昆仑跟前，正要解下束缚的马缰时却被昆仑踢了一脚。昆仑最后驮着他疾风骤雨般赶到伍子胥府前的那条巷子时，一片潮湿的石块让它打了一个滑。昆仑收住马蹄，一个前倾时，传令官即刻从它的背上飞了出去。昆仑看见飞出的传令官像一棵飞起来的白菜一样，最终撞在一堵坚硬的石墙上，口鼻流血，即刻昏死了过去。

夫差后来是在西施的陪同下来到了伍子胥的府中，他那时看见伍府里的那口井正在隐隐蒸腾着白色的水雾，水雾缭绕到一个高耸的花架上，花架上挂着伍子胥似乎还有着一点儿热气的尸体。夫差上前，抱住伍子胥的双腿让它在空中不再晃荡。夫差泪流满面地说，将军，我来迟一步，我错了。

伯嚭这时收敛住自己的骄横，一步步走到夫差跟前说，大王，怪不得你，这是天意。将军他要是知道你如此悲切，在地下也愿意安息了。

夫差后来转头看着目光闪烁的昆仑，他觉得如果不是因为昆仑摔死了传令官，伍子胥不会死。夫差拔出一把短刀，即刻就要命人刺死昆仑，用它的马血来祭奠尸骨未寒的伍子胥。那时候，西施泪流满面，她骑到昆仑的马背上，带着它在夫差的跟前绕行了一圈，然后她下马，将昆仑交到了行刑者的手里。但是昆仑突然高抬起双腿，一脚踢在了行刑者的额前，将他踢得头骨碎裂。然后它久久地看着西施，长鸣了一声，跃过人群像闪电一样奔跑了出去。

在夫差的授意下，吴国对伍子胥的哀悼肃穆而庄重。姑苏城里三天之内不可以见到炊烟，谁也不许笑。每天从早到晚，心中要一遍一遍默念伍子胥的名字。

按照伍子胥的遗愿，伍极将父亲的人头挂在了东门的城墙上。伍子胥的一双眼睛始终对着南方，南方就是越国的方向。

那段日子里，伯聪经常跟伍极走在一起。他们端着一碗米饭，一壶酒还有两片肉，在姑苏城百姓的泪眼婆娑里，他们走向东门的那段城墙。伯聪和伍极将酒饭和肉整齐地摆在城墙下，并且在城墙下面燃起了气味芬芳的香蒿。伍极在这样的气味里缓慢地跪下，抬头望向挂在城墙上的父亲的头颅上那飘飞的白发。他口齿清晰地叫了一声，爹，吃饭了。

伯聪每次和伍极一起出去时，伯嚭都要叮嘱他一次，要是在城墙下碰见了大王，一定要叫一声大王，然后让大王见到他手里端去的是敬给伍子胥的米饭。伯聪不耐烦地皱着眉头说，多大的事啊，爹你真啰唆。

伯嚭拉下脸说，我儿，这事非常重要，你可不要喝奶喝多给喝糊涂了。

爹你才是老糊涂。伯聪说，我都已经断奶很多年了。

伯嚭凝神想了想，终于还是笑了。这几年里，文种还是不停地给他送来越国红润壮硕的乳母，伯嚭没有推辞，他将乳母挤下的奶留给了自己。所以伯嚭现在细皮嫩肉，脸上的皱纹也被奶水给抚平了。

但是伯嚭不会知道，曾经有一个乳母是叫紫苏。紫苏长得很美，奶水也很充足，但她就是不怎么说话。紫苏常常抱着自己的孩子，对着吴国静默的阳光能看上一个下午。

伯聪那天问紫苏，她怀里的孩子是叫什么名字。紫苏在阳光下抬起惺忪迷糊的眼，轻启嘴唇说，他叫田桑。

田桑是男孩还是女孩？伯聪问。

和你一样，是男孩。

那你喜欢他是男孩还是女孩？

我喜欢他是女孩。紫苏想了想，说。

为什么喜欢他是女孩？

因为，男孩寿命短。

男孩怎么会寿命短呢？

这个，以后你就会知道了。紫苏说。

哦。那他为什么要叫田桑嘞？

因为越国有很多种植了桑树的良田。

伯聪捏了捏田桑的脸，田桑在紫苏的怀里睡得很甜。伯聪说，原来是这样啊，田里有桑树。

伯聪回头看了阳光好一阵子，又呆呆地问，那么田桑的父亲是叫什么？但是紫苏把头低了下去，紫苏看着田桑，好像没有听见伯聪说了什么。伯聪就又说，乳娘，我刚才问你田桑的父亲是叫什么？

紫苏抬头时，有两滴眼泪便掉落到了田桑的脸上。然后她蒙眬地看着远方，声音哽咽地说，公子，时间过得真快，一转眼太阳就落山了。

西施常常带着侍女木槿，去姑苏城的各个角落寻找消失的昆仑。那天在东门的城墙下，西施见到一个白发苍苍的男子，男子远远地对她笑了一笑。西施停下脚步，目光迷离地看着他，很久以后她才发现，那原来是范蠡。西施看了看挂在城墙上的伍子胥，伍子胥的皮肉已经风干，上面结满了蛛网，只是那双眼睛还怒视着远方。西施一时之间觉得，范蠡的白发怎么就和墙上伍子胥的如此相像。

那天范蠡很急，他对西施说，你已经很久没有传出消息了，我们都不知道吴国现在在忙什么，你不会是已经爱上了夫差吧？

西施看着范蠡，她觉得范蠡这声音很遥远，遥远得如同是从越宫里飘出。西施后来说，你戴了这样一头假发，让我觉得很难看。

范蠡摇了摇头，说，不知为何，我很为你担心。

可我现在担心的，是两国一旦交战，无非是两个大王变成一个，两国的百姓也从此少了一半。兵者，不祥之器也。西施说完，看见一个健壮的青年走了上来，青年盯着她，眼里烧着莫名的火。他对西施说，你很危险，也很让我失望。

你是谁？西施冷眼地说。她看见青年的手臂上全是铁块一样的肌肉，但肌肉上却爬满一道一道的伤疤，像是卧着一堆肥胖的蚕。

青年并没有理会西施，他一把扯住范蠡说，将军，我们走。

西施就是在这时才猛然叫出一声，夷青，你是夷青吗？夷青，我是你姐啊。你不认得我了吗？可是施夷青此时却推着范蠡，很快就消失在了吴国的人群中，他甚至都没有回头看上她一眼。西施如同一截僵硬的木头，呆傻地竖立在这个尘埃飞舞的黄昏。然后天就黑了下来。天黑下来的时候，西施连施夷青的影子都看不见了。

第二天清晨，早起的西施听木槿说起，姑苏城东门的两个护卫在昨天夜里被人暗杀，可是直到现在也没找到头颅。西施带着黑眼圈，她昨天一夜基本没睡，脑子里都是不愿认她这个姐姐的施夷青。西施说，木槿你想跟我说的仅仅是这些吗？

不是的，木槿说，除了被杀的护卫，城墙上的伍子胥将军也被射中了。有两支箭分别扎在他的两个眼眶里，士兵踩着云梯爬上去，怎么拔也拔不出来。原来是箭头穿透了伍将军的头，直接扎进了城墙里。

西施说，木槿你快别说了。去告诉甘纪将军，此事千万不能传到大王的耳朵里，不然，他又要为伍将军的事情伤心了。

正如西施所料，东门的守城护卫就是施夷青所杀，就连伍子胥眼中的那两支箭也是施夷青射的。施夷青那天查看好地形后，在夜里割了两个护卫的头颅，然后又朝着伍子胥射出两支箭。施夷青后来将两颗头颅扔到了灵岩山下的谷廓里，那儿生活着一群饥饿的野狗。几年前，正是这群野狗，它们曾将萧飒将军的人头咬得只剩下一堆白骨。

拾捌

若耶宫的地上建筑一天一天在拔高，每一个白天，越国的工匠都赤膊上阵挥汗如雨。但是没有人会知道，同样是这批工匠，到了夜里，他们就挥起铁锹深入到了地下。那是令人惊叹的场面，工匠们总共分成五组，每组二十个人。当前面十个人扬起的三角状铁锹深插进土层时，后面十个人抬起的箩筐已经迎了上去。箩筐很快就装满了吴国地下潮湿的泥土，它们被抬出地道，在夜色的掩护下倒进若耶宫的一个个施工现场。

半个时辰后，负责铲土和抬土的十个人前后替换。等到他们一个个劳累得气喘吁吁，连腰都直不起来的时候，另外一组的工匠就列队奔了上去。每天都是如此的循环，当所有的工匠都轮上一遍后，这条隐秘的地道已经延伸到了又一个不知名的路口，而天光也就在此时缓缓地亮了起来。

工匠们抖去身上的尘土，灰不溜秋地爬出洞口，他们相互看了一眼，心照不宣地将木棚里的洞口盖住，然后彼此在心里隐秘地笑了。

洛襄那天来看西施，她告诉西施，若耶宫的竣工典礼就在几天以后，现在还差一个花园没有建好。临走前，洛襄向西施借走了子归，还让西施送她一盒香粉。洛襄说，你明天就可以去灵岩山下，我会带着子归，在一棵梓树下等你。

洛襄在这天夜里去了若耶宫的建设现场，她手上捧着子归，子归兴奋地看着远处跳跃的篝火。在一个工匠的带领下，洛襄走进了那个木棚里，她看见工匠将一个洞口打开，说，就在这里。洛襄于是蹲下身子，将子归扔进了洞里，子归感觉一阵阴冷，缩着身子回头看了一眼洛襄。洛襄拍拍子归的后腿，说，去吧，一直往前跑，主人会在那边等你。

子归最后看了一眼洛襄，它机灵地扭转头，然后便撒开四条腿，一路欢快地奔跑了出去。洛襄觉得，哪怕是一万只子归在奔跑，地上也听不出半点声音。

若耶宫竣工时，为了那片花园，越国的工匠去到姑苏城一段干涸的护城河里，他们挖来很多淤泥，一包一包埋在了花园的土层下。撒上花籽后，工匠们告诉吴国的监工，淤泥是很好的肥料，到了来年的春天，若耶宫的花朵必将开得十分娇艳。西施和夫差就是在工匠们埋好肥料的时候来到了现场，西施那时抱着子归，工匠们看见她时一个个欢欣鼓舞，对着她和夫差兴奋地叫喊道：吴王，吴王！

夫差牵着西施的手，在众人的欢呼中笑得很开心，他看见工匠们一次次地将机灵的子归扔向了空中，子归吓得抱紧身子，四条腿都不敢张开，茫然地看着天空下的人群，然后它又安然无恙地被工匠们接住。

洛襄就是在灵岩山下将子归还给西施的。西施那天在灵岩山下想起自己刚来到吴国的那一年，范蠡曾经跟她说过，以后可以多到东边的山脚下走走，那是勾践和越后幽羊替夫差养马的地方。但是西施现在站在东边的山脚下，看见早先的马房早已拆除，除了一棵迎风的梓树，山下并没有什么特殊的。

西施在梓树下见到了洛襄。洛襄抱着子归，正在给它梳理皮毛。一阵风吹过，西施闻到了香粉的味道。

馆娃宫几乎和若耶宫同时建好，所以越国的工匠也就应该回去了。西施这天站在送行的人群中有点孤单，她似乎觉得自己一下子都记不大清楚故乡苎萝村和若耶溪的样子。她想，白猿子山现在还会在人间吗？五泄瀑布还是那么急匆匆地将水帘砸下吗？这时候，西施看见一张似乎是无比熟悉的脸，那人穿着越国的铠甲，是一名过来迎接工匠回国的军士。西施皱紧眉头，在脑子中急切地搜索，许多景象一页一页翻过后，她终于朝人群中叫了一声，喂，你等一等！

川流的人群中，军士仿佛知道西施要叫住的就是自己。他那时正背对着西施，但犹疑着想要迈出的脚步最终还是慌张地停了下来。西施上前，笔直走到军士跟前，说，我应该见过你，就在苎萝村。我记得你的这只手，它长了六个手指头。那天夜里，你穿了吴国的军服，从苎萝村的村东一直杀到了村西。

军士顿时在西施不可抗拒的视线里陷入战战兢兢，他似乎想要辩解一场，但看着自己不争气的手指时，话到嘴边却还是说出一句，原谅我，我只是奉命行事。

是奉谁的命？西施上前一步，直直地盯着军士。军士来自遥远的越国的西部，他原本没有名字，因为家乡是在一个名叫姑蔑的城池，所以越后就叫他姑蔑。姑蔑眼神飘忽，又迅速摇头说，不，杀死你父亲的不是我，那天我是冲在最后一个。

西施像一截木头，久久地站立在人群中。她闭上眼，听见那群嘈杂纷乱的越国口音正离自己远去，声音如同一场退隐归去的潮水。西施想，这会不会是一场梦？父亲竟然是死在越国的刀剑下。当初为了让自己仇恨吴国，为了让自己去越宫受训，越国的军士换上了吴国的军服，他们一路从苎萝村的村东杀到了村西。

郑旦的身份暴露，是因为那名真正的洛襄回来了。真正的洛襄哭哭啼啼地回到伯嚭府中，她是被那个楚国的丈夫给抛弃了，她现在回来是向伯嚭谢罪，同时也希望伯嚭能替她去楚国讨回公道。比如说，她想要当着众人的面，去扇那个男人两个耳光。

可是洛襄并不知道，当初那个长着漂亮胡子的男人带她去私奔，是因为受到了范蠡的怂恿和利诱。范蠡给了他很多金子，说，你只要带上她，走得越远越好。而这一切，也是得到了伯嚭的默许，因为只有如此，伯嚭才能堂而皇之地将郑旦替换了洛襄送进吴宫中去。

伯嚭不许回来的洛襄露面，他将洛襄关在一间房子里，然后到了一天深夜，他萌生了杀意。阿布探听到了伯嚭府中的这则消息，他决心要为伍子胥出一口气，所以在夫差有一次出宫巡查的时候，他突然跑到了道路中间，并且在夫差的马前跪下说，大王，我是伍子胥将军的手下，我有事情要向你禀报。

夫差听完阿布的话，说，你可以起来了。说完，他扭转头，看着另一匹马上的甘纪。他对甘纪说，这事，只能由你去查清。

回去宫中的路上，甘纪的马走得很慢。艾陵之战后，夫差有一天曾经跟他说过，选一个吉祥的日子，他要为甘纪和洛襄操办一场隆重的婚礼。夫差说，其实我心中早有此意，我也看得出你们两人的心思。甘纪那时很是喜悦，他望着垂头在不远处，似乎已经默默答应的洛襄，觉得自己这么多年的心愿终于就要实现，然后他止不住想起了那一年木渎城里的梨花。

郑旦那天看见甘纪远远地朝自己走来，甘纪的眼里无比灰暗，像是落满了风吹起的尘埃。郑旦说，你怎么了？

甘纪依旧无助地看着郑旦，他把所有的话都给省略了，只是说，我不想离开你，我们一起去恳求大王吧。

朝堂上，伯嚭知道自己难以自圆其说，他抢过卫兵手中的一把剑，昂起脖子，即刻就要在夫差面前自尽。夫差抬起腿将他踢了出去，夫差说，够了，我不想再见到有人死去。再这样下去，吴国都没有将军和大臣了。但是，伯嚭随即被革职。

郑旦在牢中接受无数次的拷问，夫差一次一次问她，你是不是越国的间谍？被捆绑的郑旦靠在一截木桩上，始终只说一句，只要大王觉得是，那就肯定是。夫差最后说，推出去斩了。

这时候，甘纪在夫差面前跪了下去。甘纪叫了一声，大王，然后就举起一把长刀直接斩断了自己的一只手臂。甘纪扔下刀，抱着剩下的那半条手臂，手臂的切口血流如注。甘纪将额头一记一记磕到地板上，他说，大王，甘纪求你了。只要大王同意让我带走她，甘纪甘愿接受流放。

西施也跪了下去。想起和郑旦在一起的一切，她泪流满面。

西施说，大王，成全他们吧。像这样的一辈子相爱，太难了。

夫差痛心地看着滚落在地上的甘纪的手臂，潸然泪下，他对甘纪说，你好糊涂，是谁同意你砍了这截手臂的？甘纪的额头再一次磕到了地板上，他说，大王，甘纪不能再陪你了，但是甘纪会一直想你。

那天夫差紧紧地搂着西施。他一直搂着西施走到殿堂外，眼看着郑旦扶着断了臂的甘纪一步一步走远。那时候，宫中的地面上，洒下了甘纪一滴一滴新鲜的血。夫差看见黄昏缓缓降临，黄昏将整个落寞的宫城团团包围，他对西施说，这么多人都走了，现在只剩下你还陪着寡人，寡人觉得很孤单。

西施靠在夫差的怀里，直到这个黄昏再也见不到郑旦的身影。那时候，西施靠着夫差靠得更紧了，她擦干眼泪说，大王，回去吧，外面起风了。

夫差后来经常会没日没夜地思念起甘纪并且思念起伍子胥，这样的时候，他会一个人黯自神伤地躲到铸剑的密室里。他把所有的思念和悔恨都砸进了举起又落下的铁锤里，经过一阵彻底的挥汗如雨后，他便十分疲倦地瘫坐在地上，对着窗外辽阔而遥远的天幕，呆呆地睁着眼睛直到天明。但是夫差有一天在走出密室的时候，在护城河的一座石桥上听见阿布前来向他禀报，越国有一个叫铸铺的地方，现在打造出了一大批锋利无比的铁剑。阿布说铸铺熊熊燃烧的炉火，升腾起旷日持久的浓烟，几乎熏黑了越国所有百姓的眉毛。夫差望着这一天刚刚打开来的蛋清色的天光，他对阿布说，或许越国留给我们的时间已经不多，但是我们不怕！我们吴国从来就什么都不怕！又说，阿布兄弟，你得留在我身边，我从来就没有像现在这样需要你。

阿布怔怔地望着夫差，他一直以来都不怎么说话。但是他现在却恍然想起，自己已经很久没有听见过兄弟这样一个词了。他茫然无措地将头低了下去，看见脚下的护城河里，高涨的春水正流得很急。

夫差也看着春水，春水流过时，他想起了萧飒也想起了弟弟公子山，又想起了芸妃和颜王后，想起了叔护和伍子胥，并且最终想起了甘纪以及那个身份虚假的洛襄。夫差想，人生可能就是一场春来秋去的水，庆幸的是，他现在还有西施。

拾玖

姑蔑一直站在回去越国的船头，船犁开一截一截的水面，姑蔑看着波纹心里很烦躁。

离开越国前，越后幽羊曾经告诉姑蔑，等船回到了越国的水界，你有两个选择，要不把船给凿穿，让所有的工匠都沉到水底。要不你带着他们去到一个陌生偏僻的地方，在接到范蠡和文种的召唤之前，他们永不可以露面。否则，你就一个一个地杀了，不用手软。姑蔑说，王后这是为何？

难道你不能用脑子想想吗？越后说，这是一个天大的秘密，我不想这些工匠回国后去跟家人提起这个秘密。秘密会变成传言，传言会毁了越国。

姑蔑这次没有把船凿穿，他怎么也不能忘记西施在送行人群中的那双犀利的眼。他那天对工匠们说，你们知道扶窑吗？那是我们越国新开辟出的一个铁矿，在那里，挖出的铁和若耶宫下搬出的泥土一样多。工匠们群情激愤，他们说只要是为了越国，去哪里都行。我们愿意为越后付出一切。

鲍三春看见姑蔑身后跟着一支绵延的队伍时，忍不住笑了。因为他看见队伍中的每一个人都提着一把铁锹，铁锹头都是三角状的。鲍三春拖着一条瘸腿向他们走去，他说你们是过来还我铁锹的吗？这一把把铁锹，曾经都是我打造的，它们现在看上去更加锋利了。

姑蔑看着汗流浃背的鲍三春，说，鲍师傅，他们是来让越国埋藏的铁重见天日的。地底下的活儿，他们最为擅长。

从那天起，扶窑出产的铁便源源不断地被运往铸铺里的剑池，它是位于诸暨和会稽之间的大甘溪，剑池里躺满了剑模。现在，大甘溪流淌的溪水泛着黑色的光芒，人踩在溪水里，脚趾间就钻进了细细的铁砂。姑蔑有一天在大甘溪里抓到一条鱼，剖开鱼肚时，发现里面的鱼卵也是坚硬得如同铁砂。鲍三春笑笑说，这就对了，既然我的鲍字里面有一条鱼，那么和我在一起的鱼，也就是铁打的。他又说，鱼儿啊，请你保佑我尽快为越后炼出九把神剑吧。

越国的蝉声连成一片的时候，有一天，越后和勾践，文种和范蠡，以及岩鹰将军、陈音将军等一众大臣在铸铺外足足等了一个晚上。越国的蝉后来在无休止的欢叫中把嗓子都喊哑了，它们和勾践一起，在天亮之前沉沉地睡了过去。勾践实在太累了，他很想好好地休息一下。眼皮垂下之前，他一直在考虑一个问题，自己卧薪尝胆了十多年，如今真是身心俱疲，那么这一切究竟值不值得？到哪里才是一个尽头？勾践想，再这样下去，他会被拖垮甚至被累死的。

勾践迷迷糊糊地看着越后，这个女人曾经陪了自己很多年，但自打那年去吴国执役后，他就开始慢慢觉得，现在倒是自己陪着她又过了无数年。如今，幽羊脸上的苍老和皱褶已经惨不忍睹，她的皮肤早已跟光滑无缘，而那双曾经患有冻疮的手，现在摸上去就像一把秋后的稻草。

越后这天一直端坐在一个蒲草团上，她把双肩挺得很直，不允许自己显露出半点的疲态。每次睡意来袭时，她都抓起铁针狠狠地扎一下自己的大腿。

门终于打开了。鲍三春拖着一条瘸腿，像疯子一般跌跌撞撞地跑出时，那条很难离开地面的瘸腿在满是碎铁屑的地上画出一条断断续续又不停拐弯的黑线。鲍三春在越后无限焦灼的眼里突然摔了一跤，他趴在地上，急急忙忙地指指身后。越后随后看见，那辆沉重的推车上，足足九柄利剑整齐划一地挂在车架上，它们被庄严地推了出来。九柄利剑通体黑透，在模糊的天光中，它们看似还散发着隐隐的热气。但也就是在转瞬之间，利剑就将周遭的空气压迫得寒光逼人，甩出的冰凉深入骨髓。

越后在推车前跪了下去，她仰起头时，两行滚烫的热泪便随着深刻的皱纹歪歪斜斜地掉了下来。越后幽羊想起了七年前，空中突然响起一阵摄人心魄的嘶鸣，然后一块从天而降的石头，拖着长长的光尾，笔直掉落在了越国的王宫前。那时候幽羊刚刚午睡醒来，闻听奏报，她即刻带着慌慌张张的国师赶到了掉落的石头边上。幽羊看见那块通体焦黑的石头在地上砸出一个巨大的天坑，她身边被烧焦的草木一派枯萎，低垂着头颅瑟瑟发抖，似乎还在这场极端异常的天象中惊魂未定。国师那次惊慌地闭上双眼，他说，王后，你离那块石头远点，这是天煞，恐对越国不利。但幽羊却冷笑一声，上前蹲下后，她伸出手指，非常小心翼翼地触碰了一下还在冒烟的石头，然后她果真被烫到了。幽羊盯着石头说，国师你错了，这是天赐我越，天佑我越。幽羊冷冷的眼神扫向国师，国师不由得打了一个寒战，他突然觉得越国的冬天已经来临。

那其实是一块陨石，差不多是一块玄铁。当天，陨石被一队越兵抬进了宫中，放在了柴房里。幽羊那天一直跟着担抬陨石的越兵，在转过身之前，她又扫了一眼国师说，哪怕是真的天煞我越，我也不怕。我倒要看看，天这回到底有多煞。

勾践记得，自从那天以后，国师就消失了。而此后的每一天，他都是踏着这块石头爬上了卧薪尝胆的柴堆。

鲍三春回国后的一天，他被越后秘密召进了王宫中的这间柴房里。阴冷的月光下，鲍三春止不住地惊叹，他随即抱住了那块石头，像是抱住久别重逢的亲人一样泪如雨下。鲍三春哪怕只用鼻子都能闻得出来，那是世间无法匹敌的上好的玄铁，比扶窑的铁母还要坚硬百倍。

越后这时问勾践，你还能记得那次抬它进来的总共有几个越兵吗？勾践想了想，说，九个。越后就说，那好，一人一把，九把。

现在，这块玄铁打造出的九柄利剑已经寒光闪闪地出现在越后的眼前。越后指着它们，很快就一把一把地给取了名字，它们分别是：掩日、断水、转魄、悬翦、惊鲵、灭魂、却邪、真刚。等到剩下的最后一把时，越后说，我想它应该是叫睚眦。

睚眦据说是龙的儿子，它在九个兄弟中排行老二，有着一对凸出在额头外的铁珠子一样的眼睛。还据说，睚眦那对眼珠上的眉毛，相互之间的距离隔了有一尺。

那天鲍三春陪越后喝了很多的酒，他已经好多天没睡，似乎忘记了睡觉是怎么回事，但是猛增起来的酒量却着实令人惊吓。鲍三春空着肚子，光顾着喝酒，到了后来就差不多把自己给喝醉了。他迷迷糊糊地站起时，感觉自己的那条瘸腿突然活动自如，所以他兴奋地跳跃起来，像一只飞翔的木鹊那样在铸剑坊里张开手臂跑来跑去，他觉得自己就要飞向郑旦了。可是第二天传出的消息是，鲍三春这天失足掉进了铸剑炉里，他的骨头也全被烧完了，什么也没剩下。只有勾践知道，鲍三春其实是被越后幽羊的两名贴身卫兵抬起投进了铸剑炉中，炉火凶猛，迅即将鲍三春包围了起来。

在暖得不能再暖的火炉里，鲍三春终于开始热切地想念起郑旦。他是在吞噬自己的火苗中猛然发现，那么多年的剑痴生涯，自己竟然很久没有如此认真地想念过郑旦了。鲍三春的头发开始燃烧的时候，郑旦在他炙热的脑海里是一个转过头来对他笑了一笑的小姑娘。郑旦说你就这样娶我吗？难道你要将我们家当成一个打铁铺？鲍三春说只要我向越王勾践开口，他自会把你嫁给我。郑旦又说鲍三春你多大了，鲍三春说，我今年已经十四了。鲍三春记得，那时候若耶溪畔的郑旦是那样的美好，美好得能在阳光下数得清她垂在颊前的一缕细碎的头发。

越后命人找来鲍三春的遗物，在苎萝村里给鲍三春修建了一个豪华的坟墓。坟墓建好的时候，她在宫中吃了一碗满满的米饭，并且打了一个饱嗝。越后很久没有吃下这么多米饭了，一来是为了节省粮食，二来是给百姓们做个韬光养晦的表率。面对勾践一直不解的眼神，她说，勾践你记住了，我们就要打仗了。如果赢了，鲍三春的铸剑术已经传给了我们的工匠，我们不再需要鲍三春。但是如果输了，他就又被抢去成了吴国的铸剑匠，如此，他就更不需要存在了。

勾践这天没有心情吃饭，他说，其实我们都会不存在的。

但是我们不能因为都会不存在，就像你那样甘于活得窝囊。越后的语气咄咄逼人，勾践，不要忘了你是大王，把饭吃下，现在你该前往校场巡视日夜训练的将士了。这时候，勾践清晰地听见兵士开始训练时的号子声。

贰拾

勾践的最后一次卧薪尝胆是在一个春天的深夜，从会稽山上绵延飘来的细雨真的是细如发丝。因为没有了陨石，勾践现在是扶着一把梯子从柴堆上攀爬下来。幽羊这时还是坐在那个蒲草团上，她闭着眼睛说，今夜本来应该有月光。

勾践感觉窗外的细雨飘到了脸上，深夜有点凉。他问幽羊，是不是真的要打了？

再不打，你我都快要风干老死了。幽羊说，这一次，要么就战死，要么就彻底灭了吴。幽羊这天的手中多出了一柄剑，勾践知道，那就是睚眦剑。幽羊现在除了吃饭拿起筷子，其余的时间里都一刻不停地捧着睚眦。

幽羊挥起睚眦，睚眦闪了一道光，切断一截胆敢冒犯过来的轻飘飘的雨丝。幽羊这才说，这回如果你死了，我一定也死了。

如果你活着，那么，回来以后我替你尝一次这颗苦胆。然后我们就把它给扔了，扔给山上的野狼，从此以后就不用再记挂那些苦胆一样的岁月。

投醪河那时候还不叫投醪河，而是叫劳师泽，它不是很长，也不是很宽，但它和所有的河水一样，能在晴朗的夜晚捧出一弯月亮。闻听越国的将士正要整装待发，心急的战马已经等不及离别号角的吹响，那天呼呼的风声里，会稽城的百姓在一位德高望重的白发老者的带领下，给勾践送来了一坛越地的黄酒。黄酒从文种的手里递给了范蠡，又从范蠡手里递给了勾践。勾践沉沉地捧着那坛酒，没想到它的分量竟然有那么重。他站到投醪河的上游，对着头顶的月光跪下身子，又仔细启开坛子的封口，让那些浓郁的酒香尽情地蒸腾出。勾践叫了一声，所有越国的将士，今夜喝下这碗酒，就不要再回头。

勾践那天将黄酒一滴不剩地倒入了投醪河，投醪河的河水似乎被灌醉了，它们奔腾着往下游赶去。下游是等候着的将士，将士俯身，每人从河中舀起一瓢，倒进了自己的嘴里。然后他们将木瓢扔下，举着拳头一次次高呼起：三千越甲可吞吴！越甲三千踏平吴！

周元王三年，吴越的最终一战就是姑苏城的围困战。那一年，越国黑压压的部队在姑苏城外猛攻。刀剑斧钺齐上，直插天际的云梯倒下了一排又一排，空中的箭羽流星一般你追我赶，血流真的是漫山遍野。姑苏城东门的城墙上，伍子胥挂在那里的两颗眼珠只剩下一点点收缩的皮，他已经看不见。两军交战时，至少有三名吴国的大将已经被越国的军队砍成了一堆烂泥浆。越国的八名将军手持鲍三春打造的那八柄利剑，削铁如泥，遇血不沾。

夫差最后命令吴国收缩战线，改为以守为主，将士们于是紧闭城门，不再出城迎战。但是夫差站在城头，依旧看见越国疯狂的将士如同蚂蚁一般涌来，那时候阿布对他说，大王，越国攻城的士兵起码是我们守城的三倍。夫差喝了一碗酒，一步踩到垛堞上说，三倍又如何，吴国从来就不怕，怕死的不是吴国。夫差随后下令，谁能射中城墙下的勾践，赏良田千顷。夫差说，一个给我养了三年马的，给我尝粪问疾的懦夫，如今竟敢这么嚣张。

城墙上的箭羽如同蝗虫一样飞了出去，它们只瞄准勾践。

勾践一身披挂，站在一辆战车上，他身先士卒，大声叫喊着一个字：杀。但是这个勾践其实是乔装打扮的，越后和范蠡不允许真正的勾践有任何危险。他们知道，只要有勾践的影子站在中军，那就能鼓舞起源源不断的士气。假的勾践最终被射中，他被一辆马车拖回时，听见真正的大王躲在车厢里对手下说，他现在死去也值得了，因为夫差的箭也没剩下多少了。假勾践于是就把眼睛给深深闭上了，他觉得特别累。

春天的太湖原本是水涨船高的太湖，但是这一年的太湖上，甘纪见到的只是更加宽阔的水面，却再也见不到一艘船。甘纪记得，当初他和伍子胥在这里练兵时，夜战时熊熊燃烧的火将水面映衬成了遥远的红色。但是吴国的战船后来都去了衍沟，太湖于是安静得如同头顶的夜空。

甘纪和郑旦如今就隐居在太湖边的夫椒地，那曾经是吴国打败越国的战场所在地。两人住进当地一个简易的凉亭里，四周搭建起篱笆，可以在自由钻进的风声里醒来又睡去。两人每天一起扛着锄头去挖野菜，回来后对着一盏油灯吃着很稀很稀的麦面糊。郑旦这天挨着甘纪坐下，她抱着甘纪那截空空的袖子，望着夜空下漆黑的太湖像是自言自语地说，世上有那么多湖水一样的悲伤，所幸我最终还能和你在一起。甘纪用仅剩的一只手抚摸着郑旦的长发，他很喜欢郑旦长发上飘散出的芳香。甘纪在那阵芳香中抬头，觉得此时夫椒地的上空，深蓝的夜就如同一片雨后的草地般清爽又干净，夜空中闪缀着点点的繁星。甘纪就是在这时听见一匹战马的嘶鸣声，他对郑旦说，你有没有听见马蹄踩碎了石子的声音，我好像觉得阿布正朝这边赶来。

阿布的确是来给甘纪传递战况消息的。马未停稳，他就跳了下来，说少左将军，吴国危在旦夕。郑旦看着低头不再言语的阿布，她说，我知道的，吴国一直很危险，因为鲍三春当初根本就没有死。

他为什么没死？甘纪问。

那天夜里，你们只看到了支离破碎的尸体的左手上一粒红痣，却没看那两只脚都是正常的。我并没有看见地上有一条歪斜的瘸腿。

阿布的马上趴着一个幼小的男孩，他现在已经沉沉睡去。郑旦望着男孩粉嘟嘟的脸，她不禁问阿布，这是谁？

阿布说，他是我的侄儿，叫田桑。

那你的哥哥呢？他已经战死了吗？

我哥田充他早就死了，就死在我的刀下。

可是阿布，你为什么要杀了你哥？

阿布在记忆里回想了很久，最终说，很多事情，一下子根本就说不清楚。

和往常相比，阿布这天已经说了很多的话。他这辈子之所以沉默不语，是因为觉得人世间的很多话其实都是废话。

郑旦后来一直深记着阿布的这句话，是的，很多事情，一下子根本就说不清楚。就像她现在听见吴国危在旦夕的消息时，她不喜不悲，内心依旧跟视线中的湖水一样寂静。但是郑旦知道，此时的甘纪却无法和她一样淡定。

第二天，郑旦聆听着风吹麦浪，她对凉亭中走来走去焦躁不安的甘纪说，回去吧，我知道夫差在等你，我不会怪你。

甘纪跨上那匹战马时，郑旦捧着日益隆起的肚子，看着凉亭前的一棵梓树微微地笑了。梓树是代表家乡的树，我和孩子会一直在这棵树下等你。郑旦说，我相信肚子里的是男孩，所以你也要相信，等你回来的那天，如果梓树在，我和儿子就在。

凉亭前一条蜿蜒向东去的古道，马背上的甘纪在那条古道上不敢再回头，他怕自己一旦回头，就有深藏在记忆中的一批梨花会轰然落下。梨花落下时，身后的郑旦必定是泪水涟涟。

那个天光璀璨，星星亮得密密麻麻的晚上，姑苏城里突然火光大作，越军蓄势已久的又一次强攻开始了。范蠡出现在战车营中，他在数名金衣策士的护卫下，绕过密密麻麻的轻战车、连环车、重战车、冲城车和武刚车阵营，在战车营的最中间，一辆异常坚固的定制指挥车里，他对勾践说，此次大战，死伤至少十万。勾践沉默不语，他只记得不久之前的艾陵之战，北方齐国的军队也是十万人马说没就没了。范蠡说，大王，鸡鸣三遍，开始进攻。不成功则成仁！

遥远的村舍之地传来第三遍鸡鸣时，三支响箭冲天而起，箭尾带着陨石一般的火光。步兵们的喊杀声震天般地在这灰茫茫的天光中响起，轻步兵、方阵兵、近卫军、陷阵营的士兵们，像洪水一样涌了过去。

吴国的王城终于被攻破了，护城河上的吊桥放了下来，越国的步兵像奔涌的河流一样冲进了被巨木冲撞而洞开的城门。姑苏城的百姓眼看着头顶割麦子一样的刀剑落下，他们纷纷觉得，吴国的末日怎么说来就来了。而紧随步兵随后入城的越国虎豹骑，用重重的蹄声敲击着吴国的土地，像敲击着一面巨大的响鼓。

夫差急匆匆奔回宫城，这座姑苏城的城中城第一时间锁上了大门，他随后就奔向了若耶宫。这时候，一匹发飙的野马突然出现在夫差的眼里，它是昆仑，它冲向了若耶宫门口的西施。西施看见夫差时，淡淡地笑了，说，如果你愿意，我们可以和昆仑一起走。我们去甘纪和郑旦生活的夫椒地，他们现在拥有一片可以遮风挡雨的凉亭。

西施说完，却看见一身白衣的甘纪纵马奔了过来。甘纪跳下马，什么多余的话也没有，只是对夫差说，大王，我来了。然后，甘纪笑了一下，扎紧了那截空荡荡的袖口。

夫差牵过昆仑，将一把剑交到西施手里，那是他之前在密室里亲手打造的一把剑。夫差说，让甘纪带你走。我恐怕过不了这一关。

西施咬紧嘴唇，欲言又止，最后她还是说，大王如果能放下身段，跪求一个生字，勾践他或许会放你去归隐。我们去做一对凡人，生儿育女的凡人。

夫差并没有多想，他只是说，就怕我这膝盖跪不下去。再说，起码我的宫城还是固若金汤，宫城里有三千名死士，勾践他奈何不了我。

大王，听西施一句，跪就是更好的生。

你说的那是勾践，站着死的才是夫差。

大王，是西施害了你，其实你一直知道我来吴国的真实身份。

夫差的眼里全是泪光，他想起了那次萧飒的叛乱，叛乱中他第一次见到了剑锋一样的西施。所以他昂头对着满天的星光说，自从你进入宫城的第一天，我就猜到范蠡送你过来的用意。但是看到你的第一眼，我就决定要将你留在身边。这么多年，我不怕你是谁，怕的只是，你从此不在我身边。

西施永远不会忘记，那天夫差说完时，若耶宫门前的一块草地猛地被顶了上来。然后草地上突然就出现一个巨大的洞口，洞口被打开时，成群的士兵便如耗子般涌了上来。那是身穿越国军服的士兵，他们将夫差团团围住。随后，更多的士兵出现在洞口，他们笔直奔向了那片娇艳的花园，铲开土层后，挖出的泥包里竟然藏着无数把尖刀。

那天，夫差和甘纪背对背站着，夫差听见甘纪说，这是越国曾经的少年团，他们竟然早就挖空了宫城。甘纪说完，听见身后响起一把利剑穿刺出的声音，他感觉夫差靠着自己的身子抖了一抖。

刺中夫差的正是少年团的团长施夷青，他的剑尖留在夫差的胸膛里，可是正要转动剑柄时，施夷青却猛地被人踢了出去。施夷青缓缓站定，看见在月光和星光下提着一把剑的正是西施。西施说，夷青，你快给我回去。再这样下去，我就对你不客气了。

施夷青吐出一口血水，斜着一双眼睛说，灭吴之前，谁也别想回去。夷青想起那天的投醪河边，越后幽羊最终将一把剑交到他的手里。越后说，这是睚眦，只有你才配得上用它，你将它刺进夫差的胸膛，越国就会为你庆功。

施夷青和他的热血少年团是在灵岩山脚的一棵梓树下爬进一个洞口的。掀开洞口时，施夷青首先看见的是一个头骨。施夷青不会知道，那其实是夫差弟弟公子山的头骨。施夷青带队在漫长的地道中匍匐前行。地道低矮又狭窄，连转个身都不容易，所以除了他带着一把睚眦剑，其余人都尽量少带兵器，只是在漆黑中迅速爬行。夷青记得范蠡说过，往前，一直往前，当你无路可走时，撞开土层，那里就是吴宫。若耶宫的花园里，还有我们之前为你埋下的很多兵器。施夷青那次问范蠡，你确定地道是打通的吗？范蠡背对着他，说，我曾经让郑旦把一只名叫子归的野兔扔进洞中，起码我能确定，子归顺利地顺着越国香粉的方向，从地道的这头跑到了地道的那头。

范蠡后来看着满地的月光，想起勾践被吴王释放回国之前那场前所未有的雪。那年西北风呼啸，雪花硕大，形同鹅掌。然后在夫差就要上马巡查吴国的城防时，越后幽羊踢了一脚勾践，她说，还不快过去，难道你没看见，吴王的脚下缺一块蹬腿上马的垫脚石吗？勾践于是慌慌张张地跑了上去，身子趴下又拱起时，正好挡住了范蠡和越后幽羊带领三十名随从深挖了无数个白天与黑夜的地道口。范蠡那时着实惊出了一身冷汗，他原本以为撑着自己头颅的脖子随时就要被伍子胥的手下给咔嚓一声斩断，因为一旦夫差踩上了那个遮盖并不严实的洞口，夫差掉下去的同时，所有的秘密就将一览无余地曝光于天下。那截地道，通往的是宫城的方向，那时刚刚挖了一半，差不多接近了王宫的城墙。越后那天问范蠡，我们还要继续挖吗？范蠡坐在地道中陷入沉思，低矮的地道不允许他站起身子。他说，王后，恐怕我们没有时间了。夫差心软，我们这么可怜，他或许过不了几天就会放我们回去。接下去的那段地道，就要看越国多年以后的运气了。

听说夫差得病了。越后说。

是的，他被一场倒春寒击倒，病得不轻。

既然如此，你何不带着勾践去看他，让勾践替他尝粪问疾。还有，那三十名挖地道的随从，就不用再留着了，留着会是一个累赘。

王后这是要我杀了他们吗？

不用你动手。越后说，我会让他们一个一个自尽，我们只需把他们给埋了。

范蠡终于吐出一口气，他刚才在越后的话中觉得有点窒息。范蠡说，王后，我没想到你有这么果决。

不是果决，是凶狠。如果没有凶狠和隐忍，勾践怎么复得了国。幽羊那天是笑着说的，她那天都还没顾得上洗脸，眼角处藏着一粒干燥的眼屎。她说，范蠡你知道的，这一切都是伍子胥逼我们这么做的。我恨不得咬下他的一口肉。

王宫里烧起一把火，那是施夷青燃起的。火势开始蔓延，火光映红了他的脸。

此时，宫城外的越国军队开始抬起巨大的木头撞向城门，夫差望着猛轰之下摇摇欲坠的城门，耳畔嗡嗡作响之际，他感觉大势已去。

城门被撞开，在少年团和蜂拥而进的军队的内外夹击下，吴国的三千勇士被斩尽，尸体堆得遍地都是。像是海边滩涂上被翻晒的鱼干，层层叠叠，充满腥味。

终于，在越国兵勇的簇拥下，夫差在熊熊的火光中看见，勾践出现了，范蠡也出现了。风一阵一阵吹着，吹动火光，把夫差的脸也给吹皱了。夫差和勾践冷冷地对视着，四周只有火苗噼啪炸响的声音。很久以后，在这生死关头，夫差还是想起了西施留给他的最后一句话，他终于在勾践跟前跪下，瓮声瓮气地说，江山给你！

勾践不语，青着一张脸看着夫差。

夫差又大吼一声：江山给你！放我一条生路。让我和西施远走他乡。

终于，勾践大笑起来，他一剑刺进夫差的腹中，绽开的血洞有节奏地汩汩往外喷血。勾践说，我也要你成为我的三年马夫，我也要你尝粪问疾。

这时候，一名兵勇突然摘下了头盔，清脆的叫喊声立刻响了起来：夫差不能留！

范蠡迎声望去，那人竟是越后，她穿了一件打满了补丁的兽皮，兽皮外套了半身铠甲。原来越后幽羊一直女扮男装，冲杀在越国的箭营中。箭营中有五种射手，分别是弓箭手、羽箭手、连弩手、神射手、长弓手。而幽羊所在的是羽箭营，最精准射击的兵种，用羽毛来平衡弹道。她的身边，是五个保护她的死士。范蠡记得越后身上的那件兽皮，那年西施要和他私奔时，越后就在越宫中缝补着这件兽皮。那时越后声音哽咽，她说，难道你们就舍得扔下越国吗？越国已经这么可怜。

现在越后望着勾践，她说，勾践你听好了，灭一个国家我们苦苦等了二十年。夫差如果活下去，他的寿命何止二十年。越后抬手叫了一声：羽箭手！

这时候幽羊想起了多年以前，马背上的夫差弯弓搭箭，箭头指向的是勾践的前胸。后来夫差的弓向下移了移，羽箭也疾速地射出，重重地陷入勾践正在颤抖的膝盖前的一小片土地上。那么现在，她是要让越国羽箭营的千百支羽箭一起射向夫差。

甘纪和夫差相视而笑，望着头顶依旧璀璨的星光，他们紧紧抱在了一起。两人身上的血黏糊糊的，脚下的宫城也是黏糊糊的。然后他们在看到月光突然穿透了遮盖住的云层时，同时举剑割向了自己的喉咙。两人的喉咙上多出了一张嘴，血不停地向外喷着。

夫差看着自己的血，他和甘纪紧紧地靠在一起，靠成了一个

“人”字。夫差对甘纪说话时，因为喉咙被割开而发出了含糊的声音。但是甘纪听得十分真切，他听到夫差说，这一回，我怎么有脸去见伍子胥将军？

在闭上眼睛之前，夫差想起的是曼妙的西施以及激越的响屐舞。他还想起，伍子胥那年曾经和他谈起过管仲和齐桓公的故事。齐桓公因为没有听取管仲的善言相劝，亲信小人而远离贤臣，他孤独抑郁而终的时候，是拿着一片头巾包上自己的脸死去的。齐桓公死去十一天，吞食他的蛆虫从门缝里爬出来，大家才发现了他的尸体。伍子胥那天对夫差说，蛆虫出户而无人为齐桓公收尸，桓公早早盖上自己的脸，是因为没有脸面去见地下的仲父。

西施牵着一匹叫昆仑的马出现了，她一步一步走得很安静，并且缓慢。她蹲下，从怀里掏出一片丝巾，轻轻地盖到夫差的脸上。丝巾上有着越国香粉的味道，在香粉的气息里，昆仑打了一个响亮的喷嚏。它觉得，这宫中的一派火场里，似乎开出了一大片娇艳芬芳的花朵，花朵的花粉在甚是干燥的空气中飘散开来。

西施站起身子，她什么人也没有看，只是看到了范蠡。她走到范蠡跟前，淡然地笑了，说，你真卑鄙。

这时候，昆仑看见了空中的一颗流星。昆仑茫然地看着那颗流星，视线一直跟随着流星落到很远。它不免有些伤感。然后它被西施牵引着，一步步向宫门外缓慢地走去，无声的兵勇们纷纷给她让开了一条道。直至西施和昆仑的身影消失，望着已经死去，却紧紧靠成“人”字形的夫差和甘纪，幽羊感到无比的厌恶。她的手再次举了起来，她说，射！

羽箭破空的呼啸声响起来，羽箭在瞬间把夫差和甘纪扎成了两只硕大的刺猬。两个人身上喷洒出的鲜血，发出河水流动的声音。血水顺着两人身上的羽箭，滴落在泥地上，随即空气中开始弥漫起浓重的血腥味。

越军是在少年团施夷青的带领下攻占了伯嚭府的。伯嚭那时正在府中收拾所有的金子和珠宝，一双眼都被金子和珠宝的光芒给晃荡模糊了。看见越后进来时，伯嚭眨了眨眼，又牵动了一回嘴角，说，来了？

伯嚭然后将打包好的金子和珠宝一一堆到越后跟前，弓着腰身拍拍手说，都在这里了，我现在将它们还给越后。

伯聪就是在这时牵着伍极的手冲了进来。许多天前，伯聪劝父亲和他一起去楚国，楚国是伯嚭的故乡。伯聪对父亲说，爹，我觉得时间好像不多了。伯嚭说，傻孩子，不要乱讲。用不了多久，爹还能官复原职的。伯聪于是和伍极一起去了楚国。但是在半路上，伯聪看见了姑苏城里的大火，伯聪对伍极说，看来我得回去，我爹还在那里。

伯聪这天被施夷青的剑顶到了一堵墙上，但伯聪还是看着那些金子和珠宝不停地对越后说，这些还给你，把爹留给我。

施夷青的剑就要刺进伯聪喉咙的时候，一个幼小的男孩挣脱怀抱，跌跌撞撞地跑了上去。男孩抓住施夷青的裤管，奶声奶气地说，叔叔不要杀他，他的脑子坏掉了，但他是个好人。

施夷青抬起脚，猛地将男孩踢飞了出去。

男孩就是田桑，他在紫苏撕心裂肺的叫喊声里飞出一段距离，然后张开手脚，掉进了一个水井里。

紫苏趴在井口，她一遍遍地哭喊，救人哪，你们快救人哪。

姑蔑冲到施夷青跟前，他说，夷青你怎么可以这样？

施夷青看着紫苏，冷冷地笑了，说，只要是被送到吴国，她就不再是越国的女子。又说，姑蔑你不知道我心里的仇恨，那年吴国的军队前往苎萝村时，他们一路从村东杀到了村西，就连我年迈的父亲也不放过。

姑蔑怔怔地看着焚烧在施夷青眼里的怒火，他想起了当年自己和战友们伪装成吴国兵勇的样子在苎萝村用刀光扬起的一场血雨。他不知道该说什么，也不敢再说什么。

伯聪最后被少年团的三把利剑一起刺中，靠着那堵墙，他慢慢颓坐了下去。他笑着对伯嚭说，爹，奶娘说了，男孩活不长的。又说，爹，你要照顾好伍极，伍极他没爹了。

伯嚭疯了，在伯聪闭上眼睛之前，他突然觉得世界一片灰暗，吴越国君谁当霸主，对他而言变成了一件微不足道的小事。他望着被血包围和浸泡的伯聪，迎头撞向了那堵墙。然后他整个人软软地委顿下来，像一棵被晒瘪了的白菜。而墙上多出了一股血，血流得很慢，看上去十分蜿蜒的样子。

越后让手下收齐那些金子和珠宝。她看着伯嚭的尸体说，这账该怎么算？伯嚭你睁开眼睛看看，看看我这双手，再看看越国千千万万死去的生命，你说这账该怎么算？越后的手指因为肿胀而弯曲，皮肤粗糙开裂，当初她和范蠡一起，率领三十名随从挖开了通往吴宫的地道。因为缺乏铁锹，越后那时经常是用一双手刨开土层的。

阿布带领从衎沟回来的一帮水师勇士冲进来时，伯嚭的府中成了最后一片战场。但是阿布没有见到自己的侄儿田桑，他只是看见嫂子紫苏坐在井台上迷迷糊糊地睡着了，紫苏的脸上全是风干的泪。

阿布一手提刀，一手举剑，朝着施夷青冲了过去。他身后发了疯一般骁勇的水师勇士令越后惊慌了一阵。在混战中，施夷青后来被砍成一个血人，他躺在地上奄奄一息。越后这时向他走了过来，她觉得施夷青已经没有活下去的可能了，所以就捡起地上的睚眦剑，笔直刺向了施夷青。越后还砍断施夷青的一条腿，然后大叫，越国的壮士们，你们的战友施夷青已被杀死，还不快为他报仇！

越后声嘶力竭地喊叫完，一场大雪便开始纷纷扬扬地降临在吴国。

周元王三年即公元前473年，冬天，吴国在渐渐升腾又冷却的硝烟中灭亡。

范蠡记得，越国凯旋的车队到达槜李城的城北，跨过吴越两国界桥处的那一刻，整个越国便在一眼看不到边的皑皑白雪里彻底沸腾了。抬头望去，范蠡看见大把的阳光如同倾盆的雨水般倒下，顿时就将眼前的越国照耀成千万颗银子般闪亮。

凯旋的队伍中，越国的将士高抬着一具棺材，那里是施夷青的尸骸。姑蔑一直走在施夷青棺材的后面，他低垂着头，看上去是异常悲伤，又像是茫然不知所措。姑蔑想起一个名叫紫苏的女子，她现在一个人留在姑苏城里，常常是上午醒来时哭一阵子，下午又空着肚子笑一阵子。

越后幽羊没有为施夷青庆功，她为施夷青举行了一场盛大的安葬典礼。施夷青就被厚葬在他父亲的坟墓旁，锹上最后一把土后，姑蔑蹲在两座坟前，久久地沉默不语。越后看着姑蔑一动不动的背影，她想苎萝村这姓施的一家子，现在就只少了一个人。

越后后来看见了来到这里的白猿子山，子山拄着一根树枝，它已经老态龙钟，迈出的每一步看上去都像是踩在棉花上那样发飘。子山疲倦地坐到地上，它一点儿都不觉得凉，只是听见越后对它说，施夷青是我们的英雄。

贰拾壹

郑旦在夫椒地的凉亭下苦苦等候甘纪的归来，她听见风吹梓树，梓树叶哗啦啦地一阵响起，如同流水的声音。她后来挺着肚子开始舞剑，那就是她在越国的姜楼里曾经舞过的《九重》。剑毕，桃花和梨花纷纷落下，春水开始急。郑旦的剑是鲍三春送她的那一把。她记得那年甘纪帮他找到鲍三春时，甘纪站在钩拒锻造间的门前说，你快跟他回去吧。剩下的事情，由我来处理。

郑旦的眼泪掉了下来，她看见这时夫椒地的山上，越来越多的“山踯躅”开了起来。起风时，殷红的山踯躅花丛中沙沙有声，像是有一排军队的脚步正从上面踩了过去，似乎要将整个春秋年间给彻底碾碎。

很久以后的一天上午，空中飘起了细雨，郑旦透过凉亭中的篱笆，看见缓步走来的昆仑，和昆仑身上趴着的西施。西施已经奄奄一息，看见郑旦时，她说，给我一口水喝。

西施和昆仑留了下来，她见到了郑旦怀里的孩子。西施说，男孩还是女孩?

是男孩。郑旦的泪水流了下来，说，我给他取了个名字，叫甘旺。

为什么叫甘旺?

郑旦说，他曾经去过越国的姑蔑地，在姑蔑地的一间凉亭里睡了一晚。那个凉亭就盖在路上，姑蔑地的道路是从凉亭的门洞中穿过的。他还跟我说，姑蔑地的百姓有一首歌谣，是唱给夜里经常啼哭的孩子听的：天旺旺，地旺旺，我家有个哭儿郎，过路君子念一遍，一夜睡到大天亮。郑旦说的他就是指甘纪。

西施看着熟睡的小甘旺，这么长的时间里，他的确一声也没有哭。但是西施后来怅惘地望向凉亭外，凉亭外的古道边，她看见茵茵的芳草碧连天，然后她终于哭出声音来，眼泪像一场决堤的水。

那天的后来，郑旦怀抱着甘旺，她就那样久久地凝望着西施，声音像是自言自语地说，那年在越宫里见到你，你还很年轻，你是那样的美，美得让我失去了信心。可是不知道怎么，我感觉更喜欢你现在备受摧残的面容。

西施说，你也老了，我们都老了。我记得那年我弄脏了你的剑，你愤怒的样子，好像即刻就要杀了我。

郑旦缓缓地笑了，眼里含着泪。她说，那时候我们为什么那样傻？你还记得吗，我将那把剑横到你脖子上的时候，那个人走了进来，他说，越国的剑不是拿来互相残杀的。

西施很快将脸转了过去，说，那个男人，不提也罢。

那天夜里，雨过天晴。夫椒地的上空，月亮升了起来，凉亭里顿时跟清水洗涤过一般。西施说，夜来了，往事很凉。

归零

那个男人范蠡后来一个人去了齐国，在一个名叫陶的地方，他真的像当初在姑苏城开出了绸布店一样开始经商了。那天他听闻一个消息，留在越国的文种被勾践赐死了。范蠡于是想起当初他劝文种一起隐退时说的话：飞鸟尽，良弓藏；狡兔死，走狗烹。但是文种听后摇摇头笑了，他说，范蠡你想得实在是太多了。

那天范蠡捧着手里的《管子》竹简，呆呆地想起美言中的管鲍之交，可是他并没有发现，炭炉中的火苗此时已经烧上了垂挂在竹简上的丝绳。范蠡后来被火苗烫了一下，跳起身子时，他决定将这几年里赚到的金银全部分发给当地的邻居百姓，然后他从此远离陶地，杳无音信。

据说在范蠡有生之年的的记忆里，他始终记得春秋的月光，他生命中的月光从未像周元王三年时那般迅猛。

离开齐国的路上，范蠡思念着文种，范蠡思念着西施。

晚年的范蠡据说喜欢周游列国，他在各国间走走停停，和所有认识不认识的人坐下来喝酒吃茶聊天，一聊就是一个通宵，他还给自己留下了足够一辈子开销的金银。

范蠡最终死在一家客栈里，是无疾而终。掌柜的在第二天敲门进去时，看见这个满头白发的商人安静地躺在床上，嘴角带着一丝微笑。那是在位于曾经吴越两国的边境，一座叫作木渎的城池，一家叫作无恙的客栈里。还据说那是一个春天，当客栈掌柜抱着范蠡的尸体走出房门时，看见铺天盖地的梨花在春日的阳光下开得一塌糊涂。掌柜误以为，这猛然绽放的梨花，是开成了去年冬天的一场雪花。

掌柜将范蠡的尸体放下，放在那段竹木搭建的长廊上，长廊上比较阴凉。然后他挨着范蠡坐下，好像是还要跟范蠡说上几句话。但他随后看见，在一阵突如其来的风中，那些梨花纷纷扬扬地飘落了下来，好像是花丛中正好走过了一把剑。这时候，客栈的院门吱呀一声被推开，一个疯疯癫癫的女人走了进来。女人一派邋遢，写着满脸的迷糊，她忐忑地问掌柜，敢问先生，越国该怎么走？掌柜被这个疯婆子给逗笑了，他掩嘴咳嗽了一声，说，一看就知道你是个不懂世面的女人，这一大片，现在全都属于称霸的越国。

掌柜说完，又低头看着范蠡真实的白发，说，范先生，你说对吧？

疯婆子就是紫苏。紫苏手里摩挲着一个虎头形的玉佩，她也坐到范蠡的身边，然后对掌柜眼神飘忽地说，你看，这玉佩是我儿子的，我在找我的儿子，我的儿子叫田桑。田桑从吴国走没了，我担心他是不是因为迷路，一个人走回去了越国。紫苏说到这里时，猛地站起身子，她一双手扯紧自己的头发，声音颤抖又恐惧地说，不好了不好了，越国很远，越国很凶险。

图书在版编目 (CIP) 数据

战春秋 / 海飞著. — 北京 : 北京十月文艺出版社，
2020.2
ISBN 978-7-5302-1934-8

Ⅰ. ①战… Ⅱ. ①海… Ⅲ. ①长篇小说—中国—当代
Ⅳ. ① I247.5

中国版本图书馆 CIP 数据核字 (2019) 第 063855 号

战春秋
ZHAN CHUNQIU
海飞 著

出 版 北京出版集团公司
北京十月文艺出版社
地 址 北京北三环中路 6 号
邮 编 100120
网 址 www.bph.com.cn
发 行 新经典发行有限公司
电话（010）68423599
经 销 新华书店
印 刷 河北鹏润印刷有限公司
版 次 2020 年 2 月第 1 版
2020 年 2 月第 1 次印刷
开 本 880 毫米 ×1230 毫米 1/32
印 张 6.5
字 数 122 千字
书 号 ISBN 978-7-5302-1934-8
定 价 39.80 元
质量监督电话 010-58572393
如有印装质量问题，由本社负责调换。